들어봐

이 도서는 한국출판문화산업진흥원의
'2022년 우수출판콘텐츠 제작 지원' 사업 선정작입니다.

들어봐

갠 소설집

DINOBOOKS

차례

릴리가 알겠지

칼이 나타났다.

엄마가 책상 위에 올려놓고 그 옆에서 수채화를 그리고 있다. 내 방에서 대각선으로 보이는 엄마 방을 훔쳐보던 나는 1층으로 내려가 요구르트를 꺼낸다. 단숨에 세 개를 마시고 집을 나선다.

골목이 좁다. 까치들이 시끄럽다. 늦여름에 땅에 떨어져 죽은 어린 까치를 밟았을 때 오싹하던 느낌이 떠오르며 발이 미끄러져 슬리퍼 끈이 끊긴다. 히유. 나는 한 발로 뛰어 집으로 돌아간다.

사방에 적이야.

적록색 치마를 부풀리며 릴리가 춤을 춘다. 얼굴보

다 큰 꽃이 머리통 왼편으로 흘러내려 덩달아 흔들린다. 곁에는 중세의 나무와 중세의 구름과 중세의 개가 하나씩 그려져 있다. 달걀귀신처럼 눈코입이 없는 릴리는 두 다리를 한껏 벌린 채다. 중세의 산들바람이 불어대는지 다리 사이에 눈썹 모양의 줄 두 개가 그어져 있다.

나는 티슈를 뽑아 책상에 놓인 칼을 덮어놓고 릴리를 뜯어본다. 엄마의 그림에는 디테일과 색이 많다. 릴리의 얼굴이 미완성인 것만 빼면 아직 큰 공포의 징후는 없다. 어느 구석에 무얼 덧대어 전체 그림을 또 괴기스럽게 바꾸려나. 릴리. 릴리. 백합 자체가 원래 좀 서늘하지. 콧방귀 뀌며 돌아서는데 엄마가 방문 앞에 서있다.

"밥 안 먹니?"

"먹어야죠."

"아빠 왔어."

"그럼 이따 먹을게."

아빠가 기거하는 1층과 엄마의 서식지인 2층을 피해 나는 옥상에 올라가 하늘을 본다. 늦가을의 옥상도 춥다. 썰렁한 화단에는 누런 코스모스 줄기와 쪼글쪼글한 고추 몇 개가 엉켜있다. 나는 옥탑방에서 담요를 꺼내며 올겨울에 여기서 지내려면 난방을 어떻게 해야 할까 둘러본다. 비닐장판만 깔린 바닥에 전기요를 놓을 참이지만 벽이 너무 얇다. 게다가 창도 없어서 문을 닫으면 완전 캄캄해져 버린다. 주구장창 불을 켜놓지 뭐. 나는 뼈다귀 같은 형광등을 올려다본다.

담요를 두르고 손을 비비다 엄마가 그림을 안 그릴 땐 뭘 하나 생각한다. 주로 멍때린다. 온라인으로 주문한 식재료로 엄청나게 많은 음식을 만들어 저장하거나 빨래를 널고 손톱도 깎는다. 그 외엔 방문을 닫고 잔다. 자신의 머릿속에 구축된 가상 세계를 온전히 지키려는 듯 엄마는 몇 해째 바깥나들이를 않고 있다. 대신 매일매일 머나먼 중세의 성채나 광장으로 날아가 중세 사람들 사이에 귀를 세우고 얘기를 엿듣다가 작업대로 돌아와 스케치북을 펼친다. 엄마가 편애하는 중세가 언제 어디서 날아온 씨앗에서 발아돼 저토록 단단히 뿌리내렸는지 모르지만, 중세의 여자인 릴리를 연작 캐릭터로 삼아 매일 여러 장씩 옛 그림을 그린다. 거기에 글을 보태 스토리가 쌓일 때마다 책으로 출판해 돈을 버는 엄마는, 골목을 걸어 나가 장을 보거나 친구를 만나는 일조차 잊었다. 중세만 사랑하다 중세의 어디쯤에서 릴리를 안고 중세식으로 죽겠단 기세다. 언제까지 가능할까. 내가 30년이나 더 어리니까 엄마가 죽을 때까지 지켜보겠다.

벌컥 옥상 문이 열리고 아빠가 화단으로 걸어가 물을 준다. 뾰족한 엉덩이를 내밀고 휘파람을 불며 흠씬 뿌린다.

"뭔 일 저질렀어 아빠?"

"아니? 내가 저지를 일이 뭐 있겠냐."

"그건 아니지. 맨 첨에 엄마가 칼을 꺼냈던 게 아빠 때문이었잖아. 이번엔 또 뭐냐고."

나는 찡그리고 계단을 내려간다. 엄마 방을 흘끗 보고 다시 집 밖으로 나간다. 옆집 지붕에 모여있던 까치들이 전선으로 옮겨 앉아 계모임 하는 아줌마들처럼 한꺼번에 떠든다. 추워지면 입김부터 하얗게 내뿜는 얼룩덜룩한 새들은 내가 바로 밑에서 꼬나봐도 꿈쩍 않는다. 잿빛 구름까지 그로테스크하게 몰려있어 나는 한참을 올려다본다.

내게 갈 곳이 따로 있다면 얼마나 좋을까.

큰길로 향한 골목을 걷는데 어느 집 담장에 마른 꽃이 붙어있다. 엊그제 본 영상에서 샛노란 들판이 폭풍에 쓸릴 때, 저속으로 화면 가득 날리던 꽃잎 파편과 이파리와 잠자리와 벌떼들이 떠오른다. "원치 않아도 되풀이되는 잔상들은 귀찮아. 책도 영화도 안 보면 우리 머릿속이 훨씬 단순하게 보전될 텐데, 그치?" 하고 언젠가 수풀에게 물었더니 수풀이 날 빤히 보며 대꾸했다. "싫어. 어쩐지 엄마가 생각나서 싫어."

수풀과 보풀. 우린 쌍둥이 자매고 서로의 이름이 부끄럽다. 꼭 필요할 때만 그때그때 떠오른 별명으로 부르지만 그것도 거의 사용하지 않는다. 우리 엄마는 옥금 씨. 휘황한 이름을 거의 증오했었다는 엄마는 그 때문에 지나치게 고르고 고르다 쌍둥이 딸에게 되레 낯간지럽고 웃음 마려운 이름을 지어줬나 보다.

칼이 나왔어.

수풀에게 문자를 보냈더니 하하하, 답이 온다. 어쭈, 애가 시골에 내려가 살더니 배짱이 늘었나. 다시 쓰려는데 휴대폰이 울린다.

"헤이 코풀보풀! 걱정 마, 그거 엄마 발톱이야. 늙은 암사자 발톱 같은 거라고."

"뭔 소리야? 이번엔 너무 조용하단 말야. 공격도 없고."

"칼이 안 나타난 게 1년 넘었지? 내가 집 떠날 때 난리 친 뒤로는 잠잠했댔잖아. 아빠가 사고 쳤니? 아님 니가 건드렸어?"

"우리 둘 다 노멀했어. 칼 맞을 짓 안 했다고."

"흐음. 그렇담 이번엔 칼끝이 엄마 자신을 향할걸? 왜냐, 엄만 심신이 약해질 때만 칼을 뽑기로 했대. 늙어서 상상력이 고갈됐다고 느낄 때 자신을 다잡기 위해 칼을 꺼낼 거라고 했다니까."

"엄마가 그런 말 했어?"

"설마. 실은 한 달 전에 내가 몰래 집에 들어가서 아빠 돈을 좀 훔쳐 왔거든. 그때 엄마 방에서 메모 뭉치도 슬쩍 빼 왔지. 그거 찾다가 엄만 자기 건망증을 탓하며 포기했을걸."

"집에 왔었다고? 나한테도 연락 없이?"

"돈이 급해서 그랬어. 현금 좋아하는 아빠가 돈 숨겨놓은 걸 알고 있었거든. 암튼 칼 얘긴데, 엄만 녹슬어가는 머리통을 도려내고 싶단 말을 여러 번 썼더라. 첨엔 찡했는데 읽다 보니 짜증 나더라고. 여전히 지 얘기만 줄줄 늘어놓는 뼛속까지 이기적인 여자란 말이지."

나는 잠깐 생각하다 고개를 젓는다.

"그렇게 우아하신 맘으로만 꺼냈겠냐? 우리가 당한 공포의 세월이 얼만데. 있잖아. 실은 너 떠난 뒤에 칼이 또 한 번 나왔었다? 내가 다리 부러졌던 거 다 나았는데도 학교에 안 돌아가고 검정고시로 대학 가겠다고 했거든. 그날 한밤중에 산발한 엄마가 갑자기 칼을 던져 내 방 문짝을 뽀갰어. 그렇게 정확히 던질 수가 없더라고."

"조준으로 치면 나는 새도 떨어트릴 솜씨지. 하하. 그래서, 정말 학교 때려치웠니?"

"자퇴서에 동의 안 해주면 또 차에 뛰어들겠다고 했지. 사고가 아니고 일부러 치인 거였냐고 꼬치꼬치 캐묻더니 아빠가 세상 무너진 표정으로 학교에 가서 해결해 주더라."

"자해였단 말야? 오, 대박!"

문자하지 말걸. 나는 후회돼 입술을 깨문다. 수풀이 대구에 사는 고모 집에서 학교를 마치겠다고 떠나버린 뒤에도 날마다 이어지던 우리의 미주알고주알들은 내 교통사고로 뜸해졌다. 엄마가 아홉 번째 책을 출판하기도 했던 그날의 교통사고 이후 나는 가족과 더 속말을 나누지 않는다.

"응큼한 책벌레. 넌 엄마 피를 받았나 봐. 독해!"

"너보다 독할까."

"암튼 엄만 자기 연민이 정리될 때까진 식구들한테 관심 없을 테니까 또 난리 치면 바로 반항해. 숨거나 울지 말고."

"그런 건 진즉에 끊었어."

나는 발끈한다.

"신경 쓰여 성가실 뿐이지 무섭진 않다고."

내게도 무기가 있거든, 하고 입속으로 뇐다. 휴대폰을 끄고 바람이 몰려다니는 골목에 웅크리고 있다 다시 걷는다. 인왕산이 지척인 누하동이다. 우리끼리 우울 터지는 동네라고 한심해했던 케케묵은 동네가 요즘 들어 개발 바람과 관광객으로 몸살이다. 나는 하늘을 보며 주머니 깊이 손을 찌른다. 나에겐 달칼이 있어. 입꼬리가 올라간다. 수려한 장검이지. 엄마의 무식한 칼 따위는 댈 것도 아냐.

달칼은 사라센과 무굴제국의 무기다. 암흑에서 태어나 누대에 걸쳐 소수의 무사들이 비검으로 지녔을 법한 우아한 모양새지만 기실 대량으로 전쟁터를 누빈 장검이다. 투박한 시대에 야만스러운 남자들이 칼의 매혹적인 생김새 따위엔 관심 없이 초승달처럼 둥근 날로 뎅겅뎅겅 사람 목을 베었겠지. 곡선을 가졌으면서도 날카로운 것들은 아슬아슬하게 목이 마른 매력이 있거든.

걸음이 빨라진다.

내 달칼은 그러나 지금 양평의 칼 갤러리에 걸려있다. 반은 내 거고 반은 갤러리 소유다. 내가 칼값을 반만 치러서다. 나머지 돈을 내면 언제든 가져오겠지만, 그 사이에 칼을 사겠다는 구매자가 나타나면 그에게 즉시 팔고 내 돈은 돌려준다는 조건이다. 병원에서 퇴원하고 학교를 그만둔 뒤에 물리치료 받을 시간까지 몽땅 투자해 아르바이트를 뛰고 있지만, 시급은 약하고 내 무릎도 약해 돈이 모이지 않는다. 수풀이 대구에서 수능만 치르고 서울로 올라와 겨울 동안 집에 머물겠다고 했을 때, 나는 이제부턴 너와 한방을 쓰지 않겠다고 반대했다. 대신 그동안 네가 몰래몰래 챙겼을 용돈과 학원비 중에서 일부를 떼어 방값을 낸다면 내가 겨울에 옥탑방에서 지내겠다고 제안했고 수풀은 오케이 했다.

칼날을 만지고 싶다. 후드티 안쪽 내 심장 가까이에 묵직한 장검을 품은 채 걷고 싶다.

긴 골목 안쪽에 대문 없는 작은 집이 서있다. 빨간 담쟁이가 코피처럼 흘러내린 저 집은 밤이면 거실과 부엌이 밖에서 훤히 보인다. 행인들 시선에 무심한지 주인 남자는 커튼도 없는 유리문 안에서 혼자 식탁에 앉아 밥도 먹고 책도 본다. 지난봄에 낡은 주택을 개축했는데 돌과 조개가 박힌 시멘트 기둥을 현관에 세우고 나머진 온통 녹색 칠을 해버렸다.

스탠드가 켜진 실내를 훔쳐본다. 아무 장식도 없다. 엄마가 이 조용한 집을 봤더라면 당장에 종이를 펴놓고 가죽 책이 빼곡한 책장과 치렁치렁한 태피스트리를 그린 뒤 중세의 릴리에게 새 옷을 입혀서 한밤중에 벽을 밀고 꼽추처럼 미로로 숨어드는 저 남자를 유혹하는 장면을 맛깔나게 묘사할 텐데.

뭔가를 마시던 남자가 부엌을 지나 안쪽으로 사라진다. 천장이 높은 이런 집이라면 큰 칼 몇 개 걸어두면 근사할 게다. 탁 트인 거실 벽을 보면서 옛 무기들을 떠올린다. 야수의 이빨처럼 단호한 칼들에는 보석이 박혀있지. 나는 입맛을 다신다. 정교하게 세공된 손잡이를 움켜쥔 무사들은 야만과 문명을 차례로 처벌한 피로 칼날을 벼렸겠지. 어둠이 깊고 숲과 늪과 굶주린 농노들의 눈빛도 깊었을 수백 년을 거치느라 날빛은 그늘을 띠겠지만, 요염하게 허리가 휜 악기, 주술 입힌 반지, 제왕들의 금빛 로브보다 훨씬 아름다운 장검들이지. 하지만 언젠가 그런 칼 몇 개쯤 손에 넣더라도 내겐 그냥 장식적인 소품일 뿐이다.

내 칼은 다르다. 나의 달칼은 불안하게 휘었다. 베두인의 단검들도 끝이 둥글게 말리고 사막의 별처럼 보석들이 박혔지만 아슬아슬 목마르게 위협적이진 않다. 달칼만이, 피를 먹어 혼을 키운 무수한 칼 중에서도 나의 달칼만 아찔하게 위태롭다. 어떤 칼보다 처연하고 아서왕의 단정한 엑스칼리버보다 야만스럽게 매혹적이다. 엄마의 칼 따위는, 나는 중얼거리다 픽 웃는다.

엄마의 칼은 식칼. 등을 꼿꼿이 세운 무쇠 칼이다. 할머니가 물려준 오래된 부엌칼인데 묵직하지만 닳고

닳아 날이 얇다. 할머니는 그걸로 평생 떡갈비를 다져서 파셨고 돌아가신 뒤에는 엄마가 받아서 무심코 싱크대 어딘가에 넣어뒀는데, 5년 전 어느 날 문득 출몰한 뒤로 온 식구를 위협하는 데 아낌없이 쓰이고 있다.

"아빠 탓이야. 아빠는 우리 집을 뒤흔든 나쁜 손이라고."

수풀은 칼이 소란을 피우다 잠잠해질 때마다 아빠에게 대들었다.

"아빠가 질 나쁜 바람을 피워놓고도 뻔뻔하게 엄마에게 책임을 묻는 몰상식을 저질렀잖아. 엄마가 가슴을 치며 우는데도 당신이 무심해서 내가 딴짓을 할 수밖에 없잖냐고 되레 핀잔줬다고. 엄마는 수치심과 분을 못 이겨 나가려고 짐을 쌌는데 우리가 매달려 울고불고 난리 쳤어. 우리 잘못이기도 해. 그때 엄마가 갔어야 했는데 엄만 우릴 두고 못 떠났어."

수풀은 그래서인지 한 번도 엄마에게 직접 대들지 않았다. 참다못해 교과서를 싸 들고 대구로 도망쳐 버린 뒤에도.

오슬오슬 춥다. 집 안쪽으로 사라진 남자는 돌아오

지 않는다.

　기껏 소나 돼지 따위의 피 맛을 본 식칼로 엄마는 우리를 겁주지만 나는 그런 걸 위해서는 칼집도 열지 않겠다. 겨울이 가면 내 무릎에도 힘이 붙을 테고 주야간 아르바이트를 뛰어 월세부터 마련하겠다. 지금은 달칼을 가져도 집에 걸어둘 수가 없다. 종일 릴리를 그리다 무언가 삐걱대면 못 견뎌 칼을 던지는 엄마와 그때마다 재빨리 사라지는 아빠가 냉기를 피우며 위아래 층에 도사린 집을 벗어나는 것밖엔 방법이 없다. 달칼이 팔릴까 봐 초조할 때면 찾는 사람 없는 갤러리 뒤쪽에서 하염없이 졸고 있던 주인을 떠올린다. 그늘진 천장 구석에 위장한 노장수처럼 허름하게 걸려있는 내 칼.

　팔을 문지르며 나는 발길을 돌린다. 우리 집에서 반경 300m 내에 골목이 아홉 개. 한옥과 빌라와 붉은 벽돌집들이 모여있다. 노인들이 고양이들과 소리 없이 살고, 빌라의 중년 남자들은 가로등 아래에서 담배를 피우느라 슬리퍼를 끌며 제자리를 맴돌고, 젊은 남녀들은 아침에 나갔다가 밤중에 골목 중 하나로 돌아온다. 밤낮없이 새가 운다. 까치가 주종이고 다른 새들은 변주처럼 곁다리로 운다. 해거름에 제 목소리를 확인하듯 쿵쿵대다 곧바로 제지당해 잠잠해지는 불쌍한 개들도 있다.

나는 골목 네 개에만 선별적으로 침을 뱉는다. 개처럼 오줌을 갈길 수 없으니 침으로 내 영역을 넓혀보지만, 밤이면 반드시 돌아가 잠을 자야 하는 곳이 집밖에 없어서 숨통까지 넓히진 못한다. 내 방이 집에서 떨어져 나가 멀리멀리 날아서 딴 곳에 안착하는 상상을 수없이 해도 실제로 침대를 들고 달려갈 곳이 없다. 하지만 곧, 모두, 해결하겠다. 나는 코를 풀고 골목의 가로등 밑에 달린 호박을 본다. 사마귀가 돋고 변색된 채 여름부터 같은 크기로 매달린 호박은 부침개도 국도 끓일 수 없게 속이 말라버렸을 텐데도 아무도 거두지 않는다. 겨울까지 매달려 눈을 뒤집어쓰고도 온전할 게다.

"정말 없어?"

"한 푼도 없다니까. 점심때 파스타 먹었거든."

경수가 히죽 웃는다.

"그럼 그만 마셔."

내가 짜증 내며 맥주잔을 빼앗자 어이없다는 듯 쳐다본다.

"얼굴 치워. 대학생이나 되고서도 그렇게 철이 없니?"

내가 카운터에서 술값을 내고 밖으로 나가도 경수는 그냥 앉아있다. 경수 동생 연수만 쪼르르 따라와 곁에 선다.

"왜 그래요?"

"넌 어디로 갈래?"

연수는 어깨만 한 번 치키고 계속 따라온다.

"아까 본 반지하 방 맘에 들죠? 넓고 곰팡이도 없고요."

"돈이 모자라."

"그래서 화냈구나. 미안요. 오빠랑 나랑 맨날 얻어먹는 쪽이죠? 대신 집들이할 때 화장지랑 샴푸 사 갈게요."

"지겨워서 그랬어. 술은 내가 더 마셨는걸."

나는 길 끝을 본다. 여러 종류의 벚꽃을 피웠던 가로수들이 음침하게 서있다. 호프집에 가기 전에 봤던 방은 나도 마음에 든다. 돈도 없으면서 셋방을 보는 게 취미가 됐지만 봐도 마음은 불편하다. 생필품 주문과 인터넷뱅킹은 엄마가 집에서 처리하고 출판사에 대신 가거나 주민센터에 들르는 등 바깥일은 내가 돌보는데 아빠가 나 없이 해낼까 싶다. 핏기 없는 엄마 얼굴이 자꾸 떠오른다.

식칼이 나타난 지 사흘. 줄곧 배고프다. 옆집에 살다 이사 간 뒤에도 틈만 나면 내 꽁무니를 따라다니는 연수와 길에서 호떡을 세 개씩이나 집어 먹으며 계속 물을 마신다.

집에 가니 현관에서 아빠의 땀 냄새가 진동한다. 아빠는 감이 없는 사람이어서 엄마의 히스테리가 발작적으로 폭발할 때까지 평온하다. 어떤 상황에도 편히 지낼 수 있는 비법을 뱃속에 내장한 채 태어난 덕에 아빠의 얼굴은 거의 언제나 해맑다. 지저분한 땀복이 베란다에 널려있다. "산에 갈 땐 여벌 셔츠를 챙기라니깐요. 전철 타도 냄새나고 엄마가 싫어하잖아." 귀띔해도 아빠 바로 까먹는다. 엄마가 어떤 난동을 부리는지 독하게 당하면서도 까맣게 잊었다는 표정이다.

스쿨버스를 타고 지루하게 같은 길만 맴도는 꿈을

꾸다 갑자기 깬다. 시간을 보려 휴대폰을 켜니 밤 1시 32분에 온 문자가 있다. '엄마들은 다 괴물이야. 우쭈쭈 퐈이팅!' 곁에는 노란 똥 이모티콘까지 붙어있다. 수풀이 밤늦게까지 수능 마무리 공부를 하다 문득 집 생각을 했나 보다. 나는 뒤척이다 일어난다.

화장실에 가는데 엄마의 방문 틈새로 불빛이 보인다. 살짝 밀었더니 뜻밖에 활짝 열리고 놀란 엄마가 고개를 든다. 눈물투성이다.

"왜 그래요? 어디 아파?"

"나가!"

"칼부터 치웁시다. 엄마한테도 해롭잖아."

"나가라고."

"걱정 마요. 나도 수풀처럼 확 나갈 거야. 그 전에라도 좀 웃고 살자."

엄마가 벽 쪽으로 고개를 돌리니 목이 드러난다. 어디 아픈가 싶게 야위었다.

"머리칼 좀 잘라줘요? 엄마가 그랬잖아, 마음 불편할 땐 미용실이 최고라고. 몇 년째 혼자 자르더니 이번엔 너무 길었네."

"보풀."

"응?"

"나가!"

내 방에 돌아와 불을 켠다. 팟캐스트를 켜고 옷장 구석의 헌 옷 주머니에서 사진을 꺼낸다. 10cm도 안 되는 장난감 칼의 사진. 샛노랬던 빛이 바래 얼핏 바나나 같다. 이 플라스틱 칼은 수풀이 빌려 갔다가 잃어버렸고 그 전에 재미 삼아 찍었던 사진만 남았다. 물끄러미 사진을 본다.

내가 사랑하는 달칼은 이 조잡한 모형 칼에서 생겨났다. 할머니가 살아계시고 엄마가 집을 꾸미며 우리 원피스 같은 걸 만들 때만 해도 엄마는 잘 웃고 잘 쏘다니는 쾌활한 아줌마였다. 순수회화를 전공했다가 일러스트로 진로를 바꿨다는데 결혼 후 이력이 붙어 잡지와 참고서들에 삽화를 실었고, 출판사 권유로 펴낸 동화책이 꽤 팔렸을 때는 신나게 여행도 다녔다. 덕분에 나는 어릴 때 딱 한 번 미국에 따라갔는데 그때 칼집에 매달린 푸른 구슬이 예쁘다며 엄마가 이 장난감 칼을 사줬었다. 칼집이 뻑뻑해 잘 뽑히지 않는 걸 빼내려고 내가 끙끙댈 때 다친다며 살펴주기도 했다. 그런 엄마가 변한 게 꼭 아빠 때문이었을까. 지금은 모르겠다. 어쨌든 할머니의 무쇠 식칼을 처음 우리에게 던졌던 날, 얼굴이 뒤틀려 서있던 엄마를 잊을 수 없다. 이후로 엄마는 이전의 엄마가 아니었으니까.

지저분한 외도로 엄마를 울리고도 별일 아니라는 듯 데면데면하던 아빠는 엄마의 울음이 그치지 않자 뒤늦게 무릎을 꿇고 싹싹 빌었다. 모습이 너무 경박스러워 엄마 심기를 더 건드리는데도 아빠는 하고 싶은 만큼 실컷 빌고서 스스로 면죄부를 준 듯 두어 시간 뒤엔 전화를 걸고 음식을 먹고, 빨개진 눈으로 말없이 그림을 그리는 엄마에게 위태로운 농담까지 날렸다. 조마조마해서 아빠를 말렸지만 조증이 도진 아빠는 잠들 때까지 우리 방문을 여닫고 계단을 오르내리며 부산을 떨다가 토요일인 다음 날 도우미를 불러 청소를 시키고 등산을 갔다. 하산 길에 중국집에서 볶음밥을 잔뜩 사 온 아빠는 우리 자매를 불러 앉혔다. 내내 울어대느라 불안하고 배고팠던 우리는 어느새 아빠의 명랑함에 감염됐고 식탁이 흥겨워졌다. 소리 내 웃으며 밥을 떠먹는데 갑자기 식탁 가운데 칼이 꽂혔다. 놀란 아빠는 재채기하다 밥알을 죄 토했다. "우리가 심했어. 죽이고 싶었을 거야. 칼을 던질 수밖에."

그날 밤 수풀은 잠들기 전에 엄마를 이해한다고 속삭였고 나는 끄덕였다.

그런데 칼이란 물건은 허공을 짧게라도 경험한 뒤엔 그 맛을 못 잊는지 조금씩 집 안을 날아다니기 시작했다. 아빠와 수풀과 나, 때로는 출판사 직원이나 엄마를 속인 갖가지 세상일들이 꼬투리였다. 물끄러미 칼을 내려다보곤 하던 엄마는 차츰 칼로 희로애락을 표현했다. 산밑 동네 낡은 주택의 그릇과 가구들이 깨지고 동강 나면 심장이 졸아든 식구들은 며칠 만에 몇 년 치씩 늙었다. 새로 출판한 책이 실패하면 더 뒤숭숭했다. 집기들이 소름 끼치는 소리로 박살 나 이웃 노인이 찾아오고 경찰까지 불렀지만 엄마가 잡혀가는 일은 없었다.

사진을 쥔 나는 팟캐스트를 끄며 피식 웃는다.

아빠 더더욱 무구해졌지. 침대 시트가 찢긴 날엔 경기가 들어 링거를 맞았다면서도 푹 자고 말짱했어. 바람처럼 출근했다 돌아와 우리한테 저 히스테리는 여자들이 겪는 우울증 때문이라고 소근댔다고. 별거 아니라며 호르몬 타령을 했지. 나는 팔을 쓸어내린다. 호르몬이 엄마 몸속을 흘러 다니다 별똥별처럼 한 번씩

작렬한다고 했을 때, 난 어렸는데도 뭔가 견딜 수 없이 부끄러워져 온몸으로 아빠를 차버렸어. 수풀이 아니고 내가 돌진한 것에 놀라 아빠 벌린 입을 못 다물었지.

나는 웃던 그대로 장난감 칼의 사진을 본다. 머리가 지끈거린다.

올망졸망 귀여운 동화책 쓰기를 멈추고 유럽풍의 음울한 중세를 그리면서부터 엄마는 골똘히 허공을 보는 버릇이 생겼다. 정신이 들면 내게 밥을 챙겨 먹으라 했다. 마주치기만 해도 입술을 달싹여 한숨처럼 밥 타령이었다.

중세 연작이 시작됐을 때 릴리가 탄생했다. 진홍과 담녹색 드레스에 검은 숄로 깊숙이 얼굴을 가린 얼음 같은 여자였다. 눈시울이 긴 릴리에게 엄마는 피를 바치는 여사제처럼 헌신했다. 잔인하고 엽기적이기도 한 스토리를 출판사에서 부드럽게 바꾸라고 권했지만 엄마는 듣지 않았고, 세밀화풍의 그림 전체가 워낙 아름다워 독자들은 점점 늘었다. 연작 다섯 번째 책이 나왔을 때 나는 릴리가 엄마의 모습 중 몇 가지를 가져가고 있다고 느꼈다. 엄마는 말이 줄고 릴리는 아름다워졌다. 남녀 마술사를 섞은 듯 중성적이던 릴리의 얼굴은 무섭도록 화사해졌다. 엄마는 서서히 일상에서 멀어지면서 예상치 못한 시간에 예상치 못한 방법으로 집안의 정적을 깼다. 이러다 죽겠다고 소리친 수풀은 떠났고 나도 곧 나갈 참이다. 아빠는 모르겠다. 아빠가 밉지만, 목도리도마뱀처럼 태생적으로 발랄하고 불가사의하게 경쾌한 아빠 때문에 그나마 집이 유지됐는지도 모른다.

불을 끄고 나는 암막 커튼을 젖힌다. 빛이 쏟아진다. 달은 보이지 않고 인왕산이 환하다. 창을 열고 눈을 크게 뜬다. 벌거벗은 내 칼과 함께 달빛을 흠뻑 받고 싶다. 창틀에 눕혀놓고 긴 잠을 자게 지켜주고 싶다. 달 아래서 잠잘 때 칼날이 벼려진다고 믿는 나는 영롱하게 내리는 신선한 달빛이 아깝다. 온 곳이 넘치도록 환하다.

맑고 시리면서도 아스라한 기운을 뿜는 먼 옛날 달빛 속의 소리들. 환영들. 고대의 빛 속에 내 장난감 칼도 떠올라 매달린 구슬을 흔들며 노란빛을 보태고 있다. 너를 가진 덕에 난 무기에 대해 닥치는 대로 찾아 읽었고 유독 달칼을 좋아했어. 쪼그맣던 너는 시간 속에서 내 키와 함께 무럭무럭 자라 큰 칼이 됐지. 그리고 기적처럼 나는 양평의 외진 갤러리에서 상상했던 그대로의 진짜 칼을 만났어.

꿈속처럼 창밖에 사진을 날린다. 무언가 빠져나가며 어른이 되는 제의를 치른 기분이다.

빛이 더 눈부셔져 내 몸 안팎이 환하다. 갈기를 흔드는 말들, 뒤섞인 고함과 냄새들. 어느 결에 저만치 허공에 높게 떠올라 뚫어지게 날 응시하는 달칼에게 손을 뻗는다. 내게 오면 보름달이 뜰 때마다 더욱 예리해져서 먼 시간 속에 사라진 거친 숨소리와 뜨거운 몸들을 몽땅 기억해낼 거야.

무릎이 꺾인다. 갑작스레 눈앞이 파래지며 발뼈가 쑤신다. 주무르다 주먹으로 때린다. 차바퀴가 도로에 갈리며 다리뼈 으스러지던 소리. 입이 벌어져 간신히 숨을 고른다.

'칼이 잠들면 큰 늑대가 눈을 뜹니다'

라고 엄마는 연작 여섯 번째 책에 썼다. 우주는 그런 소소한 당김과 놓음의 교차로 이뤄져 있다고 써나간 스토리 속에서 엄마는 정교한 칼을 여러 개 그려놓았다. 책이 출간됐다는 소식에 언제나처럼 서점에 들러 새 책을 펼친 나는 페이지 가득 그려진 칼들에 숨이 멎었다. 내 마음의 오랜 기둥인 달칼이 엄마의 책 속에 들어가 있던 것이다.

게다가 빌어먹게도 그게 내 탓이었다. 지난 크리스마스에 샴페인과 케이크를 포식하고 기분이 좋아진 내가 칼을 살 거라고 중얼거렸고, 수려한 그것을 참 많이 사랑한다고 자랑했기 때문이었다. 달콤한 케이크 조각에 입이 헐거워져 달칼에 대해, 날빛과 달빛과 칼의 잠에 대해 혼자 간직했던 얘기를 떠벌린 순간 내 달칼이 엄마에게 끌려갔다는 걸 새 책을 펼치며 깨달았다. 눈이 멀어오는 듯했다. 서점을 뛰쳐나가 길을 건너다 차에 부딪쳤다. 횡단보도를 위태롭게 벗어나 주행한 차에 내가 달려든 듯도 싶다. 수술과 회복실의 고통 끝에 집에 돌아와 엄마 방을 뒤졌다. 새 책에 실린 것 말고 다른 칼 그림은 없었다. 원화들을 꼼꼼히 살폈다. 엄마의 달칼은 갖가지 기교로 화려할 뿐, 살육과 곡선의 아름다움과 쓰라림이 없었다. 주인공인 늑대 쪽에 감정이입이 치우쳐 상처받은 늑대들을 공들여 그린 것만 여러 점이었다. 절망과 자책으로 열을 앓으며 나는 쑤시는 무릎을 안고 밤들을 새웠다.

눈을 홉뜨고 뚫어지게 달빛을 본다.

예전부터 내 어린 시절과 사춘기의 에피소드들이 엄마의 책 속에 개미 떼처럼 기어들곤 했었다. 항의를 할래도 표절 시비를 피하듯 교묘하게 바뀌어 틈이 없었다. 중세의 장터나 성채들은 상상과 자료를 통해 엄마 머릿속에 일찌감치 구축돼 있었지만, 내 일상과 어쩌다 흘린 소소한 얘기들이 디테일이 되어 스토리에 현실감을 입혔다. 비통할 만큼 희화되거나 무생물화된 채 엄마가 세상에 나가지 않고도 꽤 설득력 있게 균형을 잡도록 내가 소비된 셈이었다.

천천히 달빛이 바랜다. 산자락에 불빛이 돋고 새벽 등산객들의 외침이 들려온다.

살기 띤 난동이 무작위로 일어나는 우리 집을 수풀은 '바보들의 배'라 부른다. 캄캄한 밤바다에 버림받은 바보들을 태우고 떠도는 배처럼 목적지를 모른 채 떠있다고 비웃는다. 엄마는 스케치북에 머리를 박고, 아빠는 좋아하는 파니니나 먹으며 하염없이 해맑고, 순둥이도 아닌 너는 마냥 두리번거린다고 문자를 해대면, 너도 거기 섞여 피에로처럼 처웃던 얼간이라고 나는 받아친다.

동네가 깨어난다. 집을 완전히 떠나기 전에 엄마를 흠씬 패주고도 싶다. 기껏 가축의 살점이나 저민 식칼을 내게 향한다면 손목을 비틀어 빼앗아서 릴리의 얼굴에 깊이 꽂겠다.

오늘은 일이 더 바쁘다. 뜨거운 피자를 담아내느라 두툼한 주물 팬을 쓰기 때문에 몇 시간만 서빙해도 손목이 시큰하다. 그릇을 겹쳐 들고도 떨어트리지 않게 기술이 늘었지만 손목과 무릎엔 근력이 붙지 않는다. 토요일 오후, 손님들이 문밖에 길게 서있다. 미성년자인 나는 접시닦이로 고용됐다가 주말엔 슬쩍 홀에 투입된다. 눈이 핑핑 돌게 테이블 사이를 오가다 여섯 시간 만에 녹초가 되어 앞치마를 벗는다. 배고픈 채 밖으로 나가는데 휴대폰이 울린다.

"정말 나랑 헤어질 거야? 거짓말이지?"

경수 목소리. 얼마 전부터 듣기 싫어진 느려터진 말투다.

"우리가 제대로 사귀기나 했니? 동아리에 이쁜 여대생들 널렸다며?"

"농담이지. 팬티만 입고 뛰어다닐 때부터 단짝인 너

랑 비교가 되냐? 군대 갈 때까지만 참아주면 안 돼? 네 방 구하면 파티한댔잖아."

"너 빼고 신나게 놀게. 다신 연락 마."

초콜릿을 깨물어 먹으며 길을 건넌다. 미리 통화했던 부동산 아주머니가 열쇠를 챙겨 들고 나선다. 계속 울리는 휴대폰을 끄고 따라간다. 엄마가 음식 먹는 걸 보지 못한 지 4일째. 셋방이라도 구경 안 하면 돌 것 같다. 반지하 구석방 장판에 손수건만 한 햇살이 떨어져 있다. 귀엽다. 깨끗이 도배된 벽을 보며 나는 발길을 떼지 못한다.

새 알바 자리에 면접을 마치고 집에 오니 아빠가 종아리를 감싸고 주저앉아 있다. 소파 아래 핏방울과 칼이 떨어져 있다. 아빠가 붕대를 가져다 달라고 소리친다.

"병원에 가야잖아요. 택시 부를게."

"아냐. 칼이 빗나가서 괜찮아. 일단 붕대 좀 줘."

"붕대가 어딨냐고. 병원 가자니깐요. 또 뭐로 엄마를 약 올린 거야?"

택시를 부르려는데 아빠가 싫다고 찌푸린다. 그러

면서 뱀독이라도 빼는 것처럼 상처를 손바닥으로 눌러 알뜰하게 피를 짜낸다. 손을 멈추면 피도 멎는 걸 보고 나는 붕대 대신 연고를 찾아 바르고 집에 남은 약솜을 얹어 스카치테이프로 종아리를 돌돌 만다. 약국이 멀기도 하고 상처가 크지 않다. 아빠는 열중해서 다리를 만지작거린다.

"이번엔 이걸로 끝나려나? 근데 엄마가 진짜로 아빠 다치게 할 생각은 없었나 봐?"

"뭔 소리. 직방으로 던졌는데 내가 피한 거야. 피했더니 다가와서 웃길래 안심했지. 웃으며 쓰윽 긋고 가더라. 미친 여자야."

"고함도 안 치고?"

"아무렇지 않게 내려와서 부엌으로 가길래 뭘 먹으려나 부다 했어."

나는 키친타월로 식칼을 감싸 싱크대 바닥을 뜯고 숨긴다. 할머니 유품이지만 없애야만 해서 두 번이나 버렸는데 엄마가 무섭게 다그쳐 다시 찾아온 뒤로 더 버리지 않는다. 이번엔 정말로 아빠 몸을 베었으니 아주 버려야 한다면서도 엄마가 또 난리 칠까 겁난다.

이 정도는 광기도 아니지. 한밤에 무당처럼 휘둘러

책들을 작살내거나 아빠 쪽으로 겨누고 휘파람을 불 땐 머릿속이 하얘진다. 차라리 불을 내면 재만 남을 텐데 쓰던 물건들이 찢기고 흩어지면 흉했다. 무기에 관한 책을 찾으려고 헌책방을 뒤지다 재미 붙인 고전과 역사물, 아끼는 소설과 세로로 쓰인 할아버지의 야담집이 망가질 땐 방문을 열고 서서 울기도 했다.

아빠는 여전히 종아리를 만진다.

"아빠. 집 팔아서 엄마랑 나눠 갖고 우리 모두 헤어지자. 내게도 돈 좀 주고."

"돈 필요해? 얼마나?"

아빠는 자꾸 만져 헐거워진 테이프 위에 다시 테이프를 마느라 여념이 없다. 반사적으로 대답하지만 내 말뜻을 새길 겨를이 없어 보인다.

"요즘 집값 좋잖아. 엄마가 싫다면 전셋값만큼 저당 잡혀놓고 남은 돈만 가져요."

"할아버지 거라서 안 돼. 지켜야지."

"할머니 유물도 버린걸."

"식칼? 하하하."

"피 짜면서 웃음이 나와요? 칼이건 집이건 때 되면 버리는 거지 뭐."

아빠는 테이프가 다 떨어지자 비로소 날 본다.

"뭐라 그랬니?"

"들었잖아요."

"집 팔면 꽤 큰돈은 될 거야, 그치?"

아빠는 가늠하듯 천장을 훑어본다. 대학생 때부터 살아온 집인데 낯설단 표정이다.

다음 날 일어나 보니 아빠가 사라졌다. 물건과 옷은 그대론데 중요한 것들을 숨겨둔 박스가 없다. 밤늦게 편의점에서 사다 둔 거즈를 들고 아빠 방에 들렀는데 빈방엔 싸한 공기만 차있고 옷장 아래쪽 서랍이 비어 있다.

엄마에게 가니 다시 찾아낸 식칼을 책상 위에 올려놓고 산발한 채 자고 있다. 아빠가 없어졌다는 말에 엄마 눈길이 곧장 칼로 향한다.

이
토
록

밝
은

날

한 달 전 나는 술을 배웠다.

눈을 뜨면 새벽 5시에서 6시 사이. 매일 기쁜 일처럼 술을 마신다. 늦봄의 시원한 새벽, 먼지 낀 책들도 오랜만에 꺼내 읽는다. 빈속에 술이 쓰리면 무언가를 집어 먹는데 모카빵 같은 게 제일 좋고 모카빵에 건포도나 굳은 버터 덩어리가 들어있으면 더할 나위 없다.

고소해진 몸으로 책을 읽기. 특히 고전이나 한때 베스트셀러였던 구닥다리 소설을 다시 읽을 때가 좋다. 분명히 읽다가 도중에 포기했었는데 어째선지 훤히 알고 있는 줄거리들과 결말들. 그 비었던 공간을 채우고 있는 바랜 활자들이 좋다.

보석은 하나님의 생각이다, 라는 멋진 글을 읽다가

책 아닌 다른 매체로 본 것 같아 골똘해진다. 맞다. 옛 영화 <파니 핑크>에 나온 대사다. 어느 작가가 그걸 천연덕스럽게 자기 소설에 써먹고 있다. 책장을 넘기며 뻔뻔하군, 하고 웃는다.

술이 달다.

잠을 못 자면 하루를 버티기 힘들어져 멀리했던 커피. 한 페이지를 읽는 동안 네댓 번씩 고모를 보살펴야 해서 멀어졌던 책. 이십오 년. 그렇게 기억된다. 남편이 죽은 지 이십오 년. 아이도 없는 내가 딸처럼 어린 늦둥이 시누이를 고모라 부르며 작고 어둑한 집에서 우리 둘이서, 이십오 년.

안방 문이 열리며 고모가 날 부른다. 졸린 투정이 뒤따른다. 나는 돋보기를 벗고 얼른 달려간다.

- 오줌 마려워요?

- 싫어.

- 화장실 갈 때까지만 참아요. 응?

- 싫어.

마흔네 살 고모는 오늘따라 동그란 얼굴이 해맑다. 고모, 좋은 꿈 꿨어요? 나는 몸만 커다랗고 마음은 여섯 살짜리인 고모의 등을 토닥이며 마루를 건너간다.

햇살이 흔들린다.

어느덧 시월. 강과 건너편 마을에 아침이 가득하다.

장화를 신고 모래밭에 선 남자가 또 나를 흘끗 올려다본다. 그가 왜 잎이 달린 대나무를 밑동에서 잘라내곁가지를 쳐내고 있는지 궁금하다. 서로가 보이지 않는 곳이면 좋으련만 내가 올라앉은 강둑은 나무 한 그루 없는 국도변이어서 숨을 데가 없고, 내가 먼저 쉬고 있는데 그가 나타나 모래밭으로 내려가서 대나무를 자르기 시작했기 때문에 나를 탓해서는 안 된다. 그는 강둑 아래에서 칼질에 열심이다. 왜 하필 모래밭 한구석에 대나무밭이 생겼을까. 좁은 터에 잡풀도 무성하고 대나무들도 키가 크다. 남자가 또 나를 본다.

한 자루를 매끈하게 손질한 남자가 모래밭을 걸어 물가로 간다. 훤칠한 키보다 장대가 두어 발 더 높다. 다른 손에는 대나무밭에서 끄집어낸 고무 함지가 들려있다. 함지를 모래밭에 던져두고 그가 강 속을 들여다본다. 물에 손을 넣더니 가느다란 줄을 잡아당긴다. 검고 둥근 것이 딸려 나와 둥실 물 위에 뜬다. 큼직한 고무 튜브다. 돌로 눌러두었던지 탱탱한 게 숨 쉬듯

빛을 튕긴다.

남자가 두 팔로 함지를 흔든다. 물 위의 튜브를 향해 조준한다. 내가 눈을 좁히고 살펴보니 튜브 안쪽에 함지를 받쳐줄 그물이 느슨하게 엮여있다. 함지가 날아가 정확하게 튜브 한가운데 얹힌다. 장대를 든 남자가 훌쩍 함지에 올라탄다.

아하.

돌발적이고 경쾌하다. 장터에서 곡물을 담아 팔거나 어시장에서 소라 홍합들을 채워놓는 고무 함지에 사람이 올라탄 것도 놀랍고, 저렇게나 키 큰 남자가 넓지도 않은 함지에 똑바로 서있는 것도 놀랍다. 나는 목을 빼고 구경한다.

햇살이 남자의 실루엣을 가늘게 좁힌다. 대신에 강물은 이것 봐, 인간이란 참 작잖니, 하는 듯 한층 넓어진다. 강 건너 집과 나무들도 조금 더 작아진 느낌이다. 남자는 대나무 장대로 강바닥인지 물 자체인지를 꾹꾹 찔러가며 앞으로 나아간다. 그러다 멈춰서 허리를 굽히고 강 속을 들여다본다.

그가 통발을 건져낸다. 티브이에서 몇 번 봐서 나는 금세 알아본다. 얼른 주머니에서 안경을 꺼내려다 멈춘다. 이건 노안을 위한 돋보기지 멀리 있는 통발 속을 들여다볼 망원경이 아니다. 답답한 내가 허리를 곧추세우려니 남자가 통발에 든 것을 발치에 털어내고 빈 통발을 내던진다. 통발은 물속으로 깔끔하게 사라지고 그는 다시 장대로 바닥인지 물 자체인지를 꾹꾹 누르며 나아간다. 조금 뒤 또 다른 통발을 건진다.

여섯 번인가 일곱 번인가 남자는 통발을 꺼내고 발치에 비우고 던진다. 어느덧 건너편 마을 쪽에 가까워져서 나는 아쉬워하며 길게 뺐던 목을 당기고 뻣뻣한 등을 문지른다. 남자는 함지에 담긴 걸 장화 발로 한편에 모으는 듯하더니 강에 뛰어내린다. 얕은 물속에서 또 다른 줄을 당긴다. 이번엔 기름한 그물이 끌려 나온다. 아하하. 나는 햇살을 튕겨내는 싱싱한 물고기와 반짝이는 비늘 따위가 보고 싶지만 멀어서 눈만 가느스름 뜨고 남자의 동작을 열심히 지켜본다. 저자는 어부인가. 그러기엔 지나치게 날씬한 데다 풍경에 어긋날 정도로 젊고 생기 있다. 끌어올린 그물을 양손에 잡고 안쪽을 들여다보고 있다.

건너편에는 강둑이 없고 완만한 언덕에 집들이 흩어져 있다. 남자도 저 마을에 살까. 그렇다면 하루 묵어갈 방이 있는지 물어볼 걸 그랬나. 하지만 마을은 강에 가로막혀 있고, 그는 특이한 방법으로 물을 건너 가 버렸다.

그물을 털고 모래 위에 떨어진 것들을 줍느라 오락 가락하던 남자가 허리에 손을 얹고 잠시 서있다. 빈 그물 더미를 팔뚝에 걸더니 한쪽 자락부터 휙 멀리 던 진다. 활짝 펴진 그물이 하늘을 담뿍 안고 천천히 낙 하해 물속에 잠긴다. 성큼성큼 걸어서 다시 튜브 속 함지에 올라선 남자가 내가 앉은 쪽으로 되돌아온다. 나는 지금 일어서서 가야 하나 말아야 하나 망설이지 만 함지 속이 궁금하다. 이제 통발을 꺼낼 필요가 없 어 빠르게 강을 건너온 남자가 모래밭에 뛰어내려 아 까 출발했던 자리에 선다. 그리고 뜻밖에 내게 내려오 라고 손짓한다.

놀란 나는 침을 한 번 삼키고, 에라 모르겠다, 모양 빠지게 굴러떨어지지만 말자고 내심 애쓰며 궁둥이를 끌고 둑을 미끄러져 내린다. 남자가 튜브에서 들어낸 함지를 가리킨다. 저자는 말을 못 하나. 나는 쭈뼛쭈뼛 다가간다. 가까이서 나를 본 남자가 약간 놀라는 게 느껴진다. 당연하다. 그는 멀리 있을 때보다 내가 구체

적으로 훨씬 늙은 사람인 걸 깨달았을 것이다.

눈알이 또록또록한 게 몇 마리와 대가리 큰 물고기들이 엉켜있다. 뱀처럼 눈을 치뜨고 귀를 펄럭이는 긴 것들은 시퍼런 배퉁이로 서로의 목을 죄고 있다.

- 이렇게 잡기도 하네요?

내가 소심하게 감탄하니까, 이렇게도 잡고 낚시로도 잡고요, 하고 그가 대답한다. 목소리에 웃음이 묻었고 올려다보니 앞니 두 개가 빠져있다. 한가로운 풍경과 좀 어울리지 않게 매끈하다 싶었는데 볕에 탄 얼굴이 의외로 나이 들어 뵈고 눈매가 매섭다.

- 뭘 저리 구경하나, 곧 가겠지 했는데 계속 앉아있길래 한번 보시라고요.

- 방해됐죠? 신기해서요. 그런데 게가 있네요?

- 민물게죠. 가끔 걸려요. 여기 분 아녜요? 사투리 안 쓰네요?

- 아, 좀 멀리서. 역시 사투리를 안 쓰시고…….

- 전 저쪽 임실이 고향이에요. 서울서 좀 살았다고 낯선 사람 보면 서울 말투부터 튀어나오네요. 근본 없이.

남자가 대나무밭에서 비닐봉지를 가져와 작은 것들

은 물에 던지고 남은 물고기와 게를 봉지 두 개에 나
눠 담는다.

　- 시장에 갖다주면 친구가 알아서 값을 쳐주거든요.
근데 왜 여기 계세요? 차 안 타고 걸어오기엔 꽤 먼 길
인데.

　국도를 가리키며 그가 묻는다.

　- 멀리 마을이 보여서 걸어왔더니 모퉁이 돌면서 갑
자기 강이 나타나고 마을이 물러나 버리네요. 저기 가
려면 강을 건너야만 하죠?

　- 저쪽 가시게요?

　- 아니요. 그냥.

　나는 아쉽게 다시 둑을 기어오른다. 국도에 서서 내
려다보니 남자가 장대와 빈 함지를 챙기고 튜브까지
건져서 대나무밭 안쪽에 던져 넣는다.

　뻐근한 무릎을 주무르고 나도 걸음을 뗀다. 지금 구
례로 되돌아가긴 멀고, 계속 걷다 버스를 탈 참이다.
지리산에 들어가 마을 몇 개를 둘러보고 다시 구례로
돌아가도 시간이 충분하겠다.

　국도 한편에 아까 남자가 타고 왔던 지프차가 서 있
다. 범퍼 한쪽이 찌그러져 남자의 빠진 앞니와 비슷하

다고 웃고 보니 배가 고프다. 구례역에서 먹거리를 사올걸. 등 뒤로 차 몇 대가 쌩쌩 달려가 길 가장자리로 붙어 걷는다. 강이 따라온다. 고모는 깨었을까. 잠자리가 바뀌어 내가 나온 뒤에 금세 눈떴을지 모른다. 사람들이 가까이 있으니 오늘 하루는 누구든 돌보겠지. 나는 불안을 떨쳐가며 걷는다.

술 익는 마을이란 노을빛 문구가 옛 교과서에 있었다. 그런 마을을 떠올리면서 삭막한 주위를 둘러보며 기운 없이 걸어간다. 고속도로 두 개가 교차되는 지점을 지나 저 멀리 도로가 휘어지는 곳에서 양쪽으로 마을이 하나씩 보인다. 어디든 참이슬이나 장수막걸리를 파는 가게가 있겠지. 고픈 배를 안고 가까운 마을로 향한다.

초입에 슈퍼 간판이 보이고 늙은 농부가 문간에 서 있다 비켜준다. 산사춘과 모찌 한 팩을 사서 아무도 없는 바위에 앉아 먹고 마신다. 내내 빈속이어서 술기운이 오른다. 흰 가루가 묻어나는 모찌 네 개를 천천히 먹은 뒤 남은 술 반병과 함께 배낭에 넣고 출발한다. 새벽같이 숙소를 떠났더니 여태 오전이다.

그제 밤 서울 집에서 고모가 한숨도 자지 않고 칭

얼거려 나도 뜬눈으로 밤을 새웠다. 부은 몸으로 부엌을 치우고 마루를 닦고 고모에게 아침을 먹이고서 배낭 두 개에 옷가지를 챙겨 넣었다. 얼마 전에 써두었던 편지를 접어서 현금 뭉치와 함께 따로 넣고, 고모를 씻긴 뒤 운동화를 신었다. 혼자 술을 익힌 날로부터 반년이 지난 가을이었다. 생각만으로도 기분 좋아지는 술을 포기한 채 늙을 수는 없다고, 내게도 작은 위로가 있었으면 좋겠다고 홀짝홀짝 마셨던 늦봄이 지나고 갑자기 더위가 창궐했다가 거짓말처럼 서늘해지며 찾아온 가을이었다. 고모와 나는 조용조용 살았고, 마당에 심은 봉숭아들도 조용조용 피었다 졌고, 해마다 절로 돋는 달꽃과 치자꽃들도 넘칠 듯 꽃을 피운 뒤 지고 있었다. 편지가 담긴 커다란 배낭을 내가 지고 작은 배낭은 고모에게 지운 뒤 우리는 집을 나섰다. 바깥엔 아이들 웃음소리처럼 맑은 바람이 흘러넘치고 있었다.

지난 반년 동안은 고모가 손을 베거나 열이 올라 병원에 다닌 때 빼고는 아침마다 석 잔씩 술을 마셨다. 욕심이 더해져 낮에도 한두 잔 마시면 어김없이 다리힘이 풀렸기 때문에 술 마시기는 정오 이전으로 고정

되었다. 책은 고모의 투정으로 자주 못 읽어도 부스러기 시간마다 손에 들려있었다. 내게 친구가 하나 있었으면 하는 오랜 꿈이 있었는데, 못 이룬 꿈 대신 찾아온 친구처럼 글 줄기들이 나를 반겼다.

식은땀을 훔치며 걷는다. 가을의 표정이 또렷한 시월 중순. 집마다 감나무가 크리스마스트리보다 멋지다며 계속 걸어가다 정류장을 만난다. 버스에 타고 나는 조금 존다.

왜?

왜?

산기슭에서 돌연 맞닥뜨린 주검이다. 왜 여기서 죽었지? 왜 저런 품새로 죽었나. 사슴인지 큰 개인지 이상한 주검이 흰색 가죽을 쓰고 앙상한 몸체를 옆으로 돌리고 길게 놓여있다. 어떻게 부패하지 않고 말라서 저기 있을까. 바람에 쓸리는 풀줄기들도 바래긴 했지만 여태 녹색을 띠고 있다. 모든 게 바싹 마르지는 않은 가을 중간인데, 게다가 들쥐나 산짐승이 활개 치고 다닐 외진 곳인데 어떻게 멀쩡하게 태가 남았을까.

당국화 두어 송이가 머리나 배 위에 얹혔으면, 하고

바라게 되는 주검이다. 허공에서 많은 걸 불러오고 한편 되쏘는 주검이다. 땅기운이 뭉친 걸까, 큰바람이 불면 사라질 허상일까. 아니면 고약한 내 하루에 경고를 주려고, 어떤 식으로든 날 꾸짖으려 일시적으로 형상화된 것일까. 나는 찡그리고 고개를 젓는다. 무엇이 날 탓하려고 이런 짓을 꾸몄겠나. 남편이 죽으며 남긴 고모를 책임지러 나는 세상에 태어났고 이십오 년을 충실히 해낸 것만으로도 비난받지 않겠다, 고 나는 잡념을 끝낸다.

잡념을 끝내고 보니 주검은 추하고도 불쌍하고도 놀랍게 아름답다.

*

그녀 뒤에서 나 역시 주검을 보고 있다. 여자는 아까 강가에서 봤을 때보다 노쇠한 모습이다. 배낭을 메고 구부정히 서있어서 그렇고 가느다란 다리가 휜 거며 잔무늬 면 치마의 낡은 느낌이 그렇다.

주검을 보며 얼어붙어 있는 여자의 오른쪽에 빨간 레인코트에 빨간 장화를 신고 빨간 우산을 든 소녀의 정령이, 왼쪽에는 녹색 습기 더미로 빚어진 2미터 넘는 남자의 정령이 서있다. 여자가 오기 전부터 있었는지 여자가 오니까 나타났는지 모르겠다. 나는 조금 전에 차로 산을 오르다 여자를 발견하고 멈춰서 걸어온 참이다.

여자는 한사코 서있다. 너무 몰두해서 주검에 빨려들 기세다. 할머니라 하기에도 아주머니라 하기에도 애매한 여자는 한 손으로 치맛자락을 움켜쥔 채 위태로울 만치 홀려있다. 아침에 내가 강에서 통발을 걷으며 흘끗 봤을 때, 둑 위에 앉은 여자의 머리카락이 기이하게 펼쳐져 하늘로 치솟았다. 풀기 없는 머리칼이 흔들리자 슬픔이랄까 체념이랄까 차가운 기운이 느껴졌다. 순간 저 여자가 죽을 곳을 찾아 헤매는 게 아닐까 싶었다. 조금 뒤 물고기를 보여줬을 때는 그녀의 반짝 뜨인 눈동자와 활짝 퍼지는 미소에 놀랐는데 눈이 마주치자 그것들은 찰나에 사라져버렸다.

그런데 어쩌자고 여기까지 왔을까. 인적 없고 길도 끊긴 산비탈이다. 여자는 주검에 빨려 들어 전혀 알아채지 못한 채 녹색과 빨간색의 두 정령 사이에서 이마를 내밀고 서있다.

희미하게 빛을 뿜는 정령 곁에서 여자는 고개를 갸웃하기도 하고 한쪽 어깨를 병신처럼 치키기도 한다. 아무려나 너무 지쳐 보여서 다가가 등을 두드린다. 돌아보는 여자 눈알이 회색이다. 죽은 사람 눈이라서 놀란 내 입에서 큰 소리가 튀어나온다.

- 점심 먹었어요? 안 내려가요?

여자가 멍하게 내 쪽을 보는 동안 눈동자의 잿빛이 벗겨진다.

- 차로 데려다줄게 내려가십시다.

여자는 그제야 정신을 차리고 나를 제대로 보더니 주검을 뒤로하고 먼저 걸어간다. 우리가 떠난 뒤에 정령들이 스러지는지 돌아보려다 나는 그만둔다. 비탈에 세워둔 지프차에 여자를 태우고 시동을 건다. 곁에 앉은 여자에게서 아무 냄새도 나지 않는다. 나이 든 사람들이 풍기는 매캐한 냄새가 없다.

여자는 조바심치며 땅바닥을 살핀다. 까딱하면 차가 뒹굴 것 같은 가파른 기슭이다. 내겐 익숙한 길이지만 여자는 사고가 날까 봐 숨도 크게 못 쉰다. 마을 근처쯤에서 대충 내려주고 가려던 마음을 바꿔 나는 산을 오른다. 여자를 데리고 사냥을 해도 괜찮겠다 싶다. 몇 번 뒤로 밀린 끝에 등성이 가까이에 차를 세운다. 여자에게 조용히 따라오라고 손짓하고 엽총을 든다. 사흘 전에 총 쏘기 딱 좋은 거리에서 교미 중인 꿩 두 마리를 발견하고도 포기하고 그냥 내려갔던 게 아쉬워 다시 왔는데, 여자를 데려다주면 늦을 것 같고 문득 여자에게 꿩을 보여주고도 싶었다.

비탈에 붙어 앉아 주위를 살핀다. 한참 뒤 저만치 양지바른 둔덕에서 까투리가 걸어 나온다. 뒤따라 새끼 다섯 마리가 졸졸 따라온다. 암갈색 까투리와 연한 색 새끼들은 일렬로 서서 거침없이 내 앞쪽을 지나간다. 나는 슬몃 웃는다. 여우 같은 까투리. 새끼를 데리고 있으면 사냥꾼도 총을 들이대지 않는 걸 알고 있다. 이 지역 밀렵꾼은 달궁에 사는 아재 네 명과 나뿐이다. 아재들은 시시한 산비둘기만 우글댄다며 이쪽으로는 잘 오지도 않는데, 요 며칠 굵은 날것들이 심심찮게 보인다.

뒤에서 소리가 들려 돌아보니 떨어져 앉은 여자가 무릎을 꿇은 채 얼굴을 일그러뜨리고 울고 있다. 눈이 마주치자 여자가 놀라 입을 벌린다.

- 어디 아파요?

소리 죽여 물으니 여자가 도리질 친다. 나는 못마땅하게 쳐다보고 다시 주위를 살핀다. 여자가 애써 울음소리를 죽인다. 괜히 데려왔다고 후회하다 급히 엽총을 치킨다. 살금살금 몸을 밀고 나가 소나무 둥치에 기대고 덤불을 향해 쏜다. 산비둘기 한 마리, 또 한 마리를 잡는다. 죽지를 들고 차로 간다. 여자가 뒤따라오다 멈춰 선다.

- 새끼가 다섯 마리. 종종종. 다섯 마리. 그런 거 처음 봐요.

여자가 얼굴이 벌게져 격하게 말한다.

- 결혼 오 년 만에 남편이 죽었어요. 남편의 어린 여동생은 열아홉이었는데 지능은 여섯 살밖에 안 됐어요. 우리 둘이 살았어요. 우리 둘이서. 그런데 전 고모를 데리고 어제 집을 나왔어요. 다신 못 돌아가요. 우리는 함께 못 돌아가요.

갑자기 입을 다문다. 당황한 눈빛이다. 나는 시동을 걸고 여자와 산을 더 올라가 늘 세우던 곳에 차를 댄다. 큰 바위 곁에서 기다린 끝에 알맞은 거리에서 날아오르는 꿩을 쏜다. 두 마리째 잡고 돌아보니 여자가 땅에 납작 붙어 앉아 숨죽이고 다음 꿩을 기다리고 있다. 다행히 세 마리까지 잡고 내려오다 산비둘기 한 마리를 더 잡는다. 오늘은 헛방도 거의 없었다.

트렁크를 열고 털이 고운 장끼 한 마리를 봉지에 담 아 여자에게 내민다.

- 정육점에 갖다줘요. 알아서 손질해 줍니다.

여자가 살짝 털을 만진다. 손이 앙상하다. 코도 입 도 작고 얼굴도 작아서인지 어린 사람의 얼굴에 주름 만 진 듯 묘하다. 의뭉하거나 깊은 속내 따위는 없어 보이고 피로만 역력한데, 눈이 마주치면 손등으로 입 술을 훔치며 미안한 듯 웃는다. 몇 번 보니 그닥 늙은 것도 아니다. 지쳐서 터무니없이 겉늙었지 싶다.

다시 산을 더 오른다. 일 년에 두어 번 올까 말까 한 오르막이다. 차바퀴와 실랑이 끝에 정상 가까이에 솟 은 절벽 아래 멈춘다. 여자가 물을 발견하고 차에서 뛰어내린다.

- 호수다!

호수까지는 아니고, 벼랑에서 내린 물이 수천 년 고 여 저런 게 생겼네요. 나는 담배를 물며 달려가는 여 자를 본다. 읍내나 산길에서 어쩌다 마주친 여자들을 꾀려고 이리로 데려오면 담수를 발견하자마자 정신없이 달려가는 뒷모습들이 비슷했다. 이런 높은 산에 물이, 거대한 절벽 밑에 물이, 무서운 물이, 담녹색 물이 어쩌고 하며 여자들 눈이 휘둥그레졌다. 이무기가 살았을 것 같아요. 이무기가 사나요? 여자들은 이무기에 대해 꼭 묻고는 선뜻 손을 못 넣고 중얼거리거나 물에 귀를 기울였다.

그중 나이가 제일 많은 저 여자가 고꾸라질 듯 물가까이 구부리고 안을 들여다본다. 손가락 끝으로만 밀어도 빠질 것 같다. 나는 앞뒤 없이 저 정도면 됐다, 고 중얼거린다. 죽진 않겠다. 아까 우는 얼굴을 봤을 때도 그랬고 지금도 든 생각이, 물을 저렇게 오래 들여다보고 산짐승의 주검을 뚫어지게 본 사람이 물속에 뛰어들거나 산에서 몸을 던지지는 않을 것 같다.

- 석류예요, 석류!

여자가 빨간 것을 건져낸다. 정말이지 필락 말락 한 꽃 모양의 작은 열매다.

- 어디서 날아왔지? 석류나무가 근처에 없는데.

- 누가 왔다 갔나 봐요.

- 여긴 내 지프 아니면 못 와요. 인근의 농부가 걸어

올 순 있지만 이런 시간에 한갓지게 뭐 하러 온대요? 허벌나게 바쁜 철인데.

나는 담수 건너편의 절벽을 흘끗 본다. 거대한 아랫도리를 물에 담근 절벽은 이끼에 덮여있다. 몇 년 전에 만취해서 혼자 올라왔던 나는 절벽의 뿌리를 보고 말겠다고 물에 들어갔다가 죽을 뻔했다. 술김에 오래 걸어오느라 밤도 끝나가는 묽은 어둠 속이었는데, 얼마나 깊이 잠겼길래 한 번도 통째 모습을 안 보여주냐고 고함치며 뛰어들었다가 용소에 걸린 것처럼 물이 내 몸을 쑤욱 당겨 단박 밑으로 끌려들었다. 혼비백산 죽을힘으로 허우적거려 빠져나온 나는 풀밭으로 기어오른 뒤 진저리 쳤다. 전에도 이후에도 그런 공포는 맛본 적이 없었다. 겨우 숨을 돌리고는 니가 얼마나 잘나서 토박이인 날 밀어내냐고 미친놈처럼 외치다 춥고 부끄러워 미명을 타고 도망쳤었다.

그런데 석류라니. 나는 여자가 코앞에 치켜든 열매와 절벽을 번갈아 보다 먼저 차로 간다.

여자가 내려오지 않는다. 찜찜해서 되돌아가 보니 여자가 배낭을 던져놓고 술병을 입에 물고 있다. 옆모습이라 표정은 보이지 않은 채 하늘에 대고 한참 뭐라 뭐라 말하면서 갈지자걸음을 걷는다. 취한 것보다 기운이 달려 보인다. 쏟아지는 오후의 햇살 속에 마른 몸이 가느다란 정령처럼 떠오를 기세다.

산을 내려가 단골 식당 앞에 차를 세운다. 잡은 것들을 챙기는데 여자가 자기 몫의 꿩을 내민다.

- 가져갈 데가 없어요.

여자를 쳐다보고 나는 앞서 식당으로 들어간다. 갓 잡은 꿩과 산비둘기를 건네니 식당 이모가 부엌에 갖다 두고 솥에서 끓고 있던 맑은 탕을 내온다. 여자를 흘끗 보고 이모가 턱으로 누구냐고 묻는다. 나는 어깨만 으쓱하고 탕 그릇을 당긴다. 여자가 나를 따라 눈치껏 산초와 파를 넣는다.

- 산비둘기탕 처음이죠?

- 꿩탕인 줄 알았어요.

여자가 숟가락질을 계속할까 말까 망설이다 밥을 말아 크게 한술 뜬다.

- 잘했어요. 잘 드셔야죠.

- 누구신데 그렇게 친절하대? 천하의 깡패가.

이모가 비죽이며 부엌으로 간다. 여자가 숟가락을

든 채 나를 본다.

맞아요, 저 깡팹니다, 하하. 나는 국물을 후룩 마신
다. 혹시 한강 서쪽에 사세요? 저, 그쪽 패거리거든요.
얼마 전에 패싸움하다 다쳐서 여기 내려와 있다고 나
는 빠진 앞니 자리를 가리킨다.

- 뭘 다쳐서야, 도망쳐 왔으면서.

이모가 껄껄 웃는다.

- 암튼 우리 이모는 모르는 게 없어. 주먹으로나 배
짱으로나 이모가 그 바닥에 딱인데. 들어갔다 하면 따
까리는 절대 못 하지.

- 못 하지. 누구 떠받드는 거 징그러워 산 구석에서
혼자 죽치고 살잖어.

이모는 찜기를 열어 뜨거운 김을 있는 대로 피우며
만두를 꺼낸다. 산비둘기탕을 얼추 끝낸 여자와 나에
게 만두를 한 팩씩 싸준다. 먼저 일어난 여자가 식탁
에 재빨리 돈을 놓고 도망치듯 나간다.

구례역에 도착해 여자가 내리자 나는 차에 앉아 소
리친다.

- 서울 올라가면 딴생각 말고 밥 잘 먹고 씩씩하게

살아요. 고모는 돌봄터나 시설에 보내고요. 할 만큼 했으면 그래도 돼. 홀홀 텁시다.

여자가 허리 굽혀 고맙다고 인사한다. 나는 차를 돌리면서 깡패 인생이 고달프고도 아롱다롱하다고 실소한다. 자릿세를 뜯거나 신용 불량인 남녀노소들을 족치는 짓을 패싸움보다 힘들어하는 내게 보스는 염통이 곡절 없이 야들야들해서 그렇다고 비웃는다. 배짱을 길러야 번개처럼 빠른 니 주먹도 빛을 본다고 한탄도 한다. 빠진 게 내 염통인지 허파인지 모르지만, 가끔 어떤 눈을 보면 맥이 풀려 등신처럼 무너져 버린다. 그래서 싸움판을 쓸어버리고도 창피해 겉돌다 쓴소리를 얻어먹는다.

미친 거지. 돈값대로 독하게 힘만 쓰자니까. 나는 핸들을 두드리며 노래를 부르려다 푸우, 한숨 쉰다. 저만치서 여자가 몸의 무게를 되찾은 걸음걸이로 역사 안으로 사라진다. 내일은 나도 서울로 가기 전에 이빨을 해 넣으러 치과에 가야 한다. 본은 떠 놓아 끼우기만 하면 된다고 했다.

*

　표를 끊고 역을 나온 나는 골목 안 모텔로 간다. 고모는 여태 자고 있다. 수면제를 너무 많이 먹었나 겁났지만, 고모는 고른 숨으로 잘 잔다. 들고 온 꿩만두를 탁자에 놓고 화장실에 다녀오니 냄새 때문인지 소리 때문인지 고모가 눈을 뜬다. 고모는 오랫동안 내가 훈련시킨 대로 음식을 먹기 전 손을 씻고 입을 헹군 뒤 만두를 먹는다.

　- 고모.

　맑은 눈으로 고모가 만두를 삼키며 날 본다.

　- 고모. 난 고모를 시설에 보내기 싫어요. 내가 서울에서 수없이 알아봤는데 고모는 거기 가면 못 살아요.

　거긴 고모에게 감옥이 될 거예요. 사람들은 고모를 힘들어하다가 제대로 돌보지 못해 미워하다가 결국 정신병원에 보낼지 몰라요. 나는 고모의 머리칼을 쓰다듬는다. 난 시집왔던 집에서 내내 고모랑 살았어요. 어두운 집에서 우린 불평 없이 살았어요.

　- 그죠? 우리 둘이 재밌게, 곧잘 오래 살았죠?

　고모는 만두를 씹다 말고 오래 살았어, 오래 살았

어, 하고 다시 먹는다. 만두소가 묻은 고모의 입술을
닦아준다. 난 고모를 사랑해요. 많이 사랑해요. 그런
데,

- 갑갑해졌어요. 집이 갑갑하고 고모가 갑갑하
고……

고모의 머리에서 살냄새가 난다. 고모는 키도 몸피
도 나보다 크다. 뒷모습으로 걸어가면 여장부처럼 당
당하다. 고모를 찬찬히 보다 손을 닦아준다. 난 몰랐어
요. 조용한 집에서 고모와 탈 없이 살고 싶었어요. 그
게 뭔지 몰랐으니까요. 몰랐어요. 뭔지 몰랐어요.

- ……지난봄 새벽에 갑자기 깼어요. 눈뜨면서 내
입에서 늙었어, 라는 말이 나온 거예요. 놀라서 벌떡
일어났는데 난데없이 울음이 터졌어요. 늙었어. 난 늙
었어. 그걸 내가 몰랐나요? 왜 몰랐겠어요. 그런데 칼
처럼 그 말이 일어선 거예요. 얼굴을 가리고 펑펑 울
었어요. 너무 날카롭고 차가워서, 서늘해서요. 서늘해
서 소주를, 슈퍼에서 봄에……

고모가 먹던 만두를 던지고 새걸 집는다. 나는 고모
의 머리칼을 쓰다듬는다.

- 고모.

- 온니. 화장실이, 오줌이, 안 나와.

- 고모는 깨끗하고 건강하고 일도 잘해요. 밥도 잘하고 꽃도 잘 키워요. 우리 마당은 온통 꽃으로 가득하잖아. 그래서요, 그래서요.

그래서 나는 친절한 여자가 외롭게 사는 시골집에 고모를 맡기기로 했다. 친절한 여자가 가꾸는 텃밭을 돌보고 잔심부름하며 조용히 사는 집. 그런 곳에 고모를 맡기고 떠날 참이었다. 아직 찾지는 못했다. 하지만 곧 찾을 것 같다. 오늘도 마을을 몇 개 들어가 봤고 선해 보이는 할머니가 사는 집을 두 군데 발견했다. 나는 고모의 머릿내를 킁킁 맡는다. 고모가 웃는다.

고모 배낭에 우리 집을 판 돈과 제 편지가 들어있어요. 고모, 걱정 말아요.

고모를 데리고 모텔을 나와 역으로 간다. 해가 기울고 있다. 아까 사둔 표를 들고 기차에 탄다. 잘 웃는 고모는 과자봉지를 흔들며 엄청 즐거워한다. 기차가 강을 건너고 들판을 건넌다. 지리산이 저녁 빛에 환하다. 지리산에게 간곡히 간곡히 빈다. 오래전부터 나는 지리산을 그리워했다. 영산이라 부르는 지리산을 책이

나 티브이로 보고 있으면 돌미륵이나 산벚, 개울이며 새끼 염소들이 내 마음 곁으로 모여들곤 했다.

지금은 잠깐 지리산을 떠나 고모를 데리고 다른 도시로 가고 있다. 어제 오후에 서울에서 버스를 타고 구례에 내려왔는데, 오는 도중 고모가 들판의 기차를 보고 소리 지르며 좋아했다. 그렇게 박수 치며 신나 하는 모습을 최근에 좀체 보지 못했다. 그래서 지금은 기차를 타고 다른 도시까지 가서 모텔에서 잠을 자고 내일 다시 구례역에 돌아올 예정이다.

고모가 히이잉히잉 웃으며 기차가 덜컹거릴 때마다 엉덩이를 들썩인다. 몇 년이 지나고 몇 년이 지나도 아무도 찾아오지 않고, 우리 둘이서 밥해 먹고 티브이 보고 우리 둘이서 두 마리 개처럼 잠들던 집에서는 못 봤던 명랑한 얼굴이다. 계속 손을 흔들며 크게 웃다 주위 눈치를 보고 입을 가리고 또 웃는다. 할 수만 있다면 서서 두 팔을 맘껏 흔들고 싶은 상태다.

고모에게 알맞은 집을 찾아다니면서 매일 깨끗한 모텔에서 잠자고 매일 이렇게 고모와 떠다니며 살아도 되지 않을까.

차창 밖을 본다.

차창 밖을 보며 나는 가만히 있다.

나는 이제 혼자 가고 싶다. 세상 끝에서 매일 통곡하더라도, 행려가 되어 길에서 궂은 죽음을 맞더라도 이제 혼자 그러고 싶다.

내일은 고모를 내치지 않을 친절한 할머니나 적막한 아주머니를 만날 것 같다. 지리산이 저토록 빛나니까. 산밑의 한 곳에 선한 마음을 가진 외로운 사람이 살고 있을 테니까. 우리 고모는 착하고 깨끗해서 사랑받을 테니까.

누군가 큰돈이 들어있는 천 가방만 꺼내어 갖고 고모를 버리는 장면이 떠오를 때마다 나는 내 목을 때린다. 때려도 때려도 자꾸 떠올라 계속 때리다가 기차가 간이역에 멎는 걸 보고 객실 사이 출입구로 나간다. 바람을 맞고 서서 어둠 직전에 마법 같은 빛을 뿜는 지리산을 본다. 고모가 울며 허둥지둥 뛰어다니기 전에 들어가야 하는데, 열린 문을 잡고 발끝에 힘을 꽉 주고 지리산을 본다. 풀럭, 바람에 내가 흔들린 것 같아서 몸을 쓸어보니 배가 희미하고 다리가 희미하고 옷깃만 잡히다가 또 풀럭, 흔들린다.

들
어
봐

해변의 비스듬한 산비탈에 수박밭이 있어.

응.

그런데 달밤에 하얀 것들이 바다에서 나와서,

무섭니? 무서운 얘기야? 하지 마. 나 공포영화 후유증 심해.

하나도 안 무섭고 웃겨.

웃겨?

웃겨. 들어봐. 희고 동그란 것들이 수박밭으로 올라가서,

물에서 나온 하얀 것들이 수박밭으로?

그렇다니까. 그게 수박을 하나씩 껴안고 으스러져라 힘을 주니까 수박이 쩍 갈라져 깨졌어. 그것들이

빨간 수박을 맛있게 먹어, 쩝쩝거리며.

빨리 말해. 그 하얀 것들이 뭐야?

문어.

문어? 그 문어? 문어가 수박을?

응.

바다에서 나와서 수박밭을?

그렇다니까. 눈부시게 환한 달밤에 떼 지어서. 실화
야.

실화 좋아하네. 콱. 문어 대가리는 벌게. 벌겋다고.

달빛 속에서는 마냥 하얗대. 진짜래.

유군은 억울했다. 고씨가 직접 봤다고 소상히 얘기
해 줘 수박밭으로 달려갔더니 정말 수박들이 능지처
참당한 듯 법석으로 부서져 있었다. 인간의 주먹도 칼
도 아닌 제삼의 뭔가가 으깨버린 게 분명한 수박들이
붉은 살점을 사방에 흩트린 채 낭자한 피 같은 육즙을
땅에 쏟고 있었다.

구라쟁이.

강양이 비웃으며 의자를 찼다. 침 삼키며 열렬히 듣
더니 뭘 노려보기까지? 유군은 카페 밖으로 쌩, 나가

버리는 강양의 뒷모습을 어이없게 바라봤다.

구라였대도 재밌는 얘기 아냐? 밍밍한 타입이네.

찍찍. 카페 구석에서 마른 남자가 빨대로 아이스커피를 빨고 있었다.

유군은 수박밭 주인인 인동 할아버지에게는 안됐지만 다 잊고 섬을 뜨기로 했다. 용돈 벌자고 뱃삯 쓰면서 여기까지 왔는데 허무했다. 수박이 여물어 맛이 차는 초여름. 마지막 고비의 한 달 동안 매일 물을 주고 잘 지키다 수확해서 중간 상인의 트럭에 싣기까지의 과정이 끝나면 수고비를 받는 아르바이트였다. 코앞에서 해괴한 사연으로 틀어지고 보니 뒤늦게 의심이 들었다. 인동 노인이 문어의 침공을 이미 알고 있던 거 아냐? 해마다 수확기에 흰 대가리들의 집중포화를 받다 못해 단기로 지킴이 알바를 쓴 거 아니냐고. 아니라면 멀리 떨어진 한갓진 섬에서 뭐 한다고 돈 줘가며 사람을 쓰겠어?

유군은 곧 고개를 저었다. 알았다면 미리 말해주지 않을 이유가 없었다. 사정을 잘 아는 이웃에게 부탁해 몽둥이 들고 지키게 하는 게 빨랐을 것이다. 역시 돌발적인 괴상한 사건일 거라고 유군은 열흘간의 아르바이트를 가름했다. 수박을 못 지켰다고 지레 돈을 포기하는 게 억울했지만 도망칠 타이밍이었다.

낮 배를 타고 섬을 떠났다. 섬의 하나뿐인 카페가 땡볕에 우주선처럼 반짝였다. 수박만큼 관심을 두었던 강양은 깔끔하게 잊기로 했다. 꽉 막힌 스타일은 질색이었다. 문어 사태 말고도 강양의 유머 감각은 흐릿했다.

그렇게 시원하게 떠나 서울로 돌아왔는데, 결국 문어가 문제였다. 문어에 관한 것들, 문어 항문 문어 맹장 피문어대가리 돌문어대가리 심지어 대머리 아저씨들까지 속속 기어 나와 엽기적 상상이 끝 모르게 이어졌다. 그것은 집중력과 입맛을 떨어트렸다. 유군은 수박을 으스러져라 껴안아 깨트려 먹는 일련의 문어들의 이미지에 시달렸다. 행렬들의 진군. 흰 것들이 둥근 것들이 다족류의 흐물흐물한 것들이 밥상머리에 새벽 렘수면의 너울 위에 눈꺼풀 위에 붙어 떨어지지 않았다.

어떤 나무는 수다를 떨고 싶어 안달 난 듯하다. 산발한 가지에 비닐봉지가 걸려 흔들리고 줄기는 검고 잎새는 쉴 새 없이 비비적거린다. 오줌 마렵니? 농담하듯 손바닥으로 탁 치고 무표정하게 지나쳐 가버리면 뒤에서 실망한 숨소리를 내는 엉덩이 큰 나무.

유군은 회사에서 또 잘렸다. 간신히 잡은 계약직인데 석 달 만에 해고됐다. 짧은 기록이었다.

문제가 있었다. 어찌 된 영문인지 섬에서 돌아온 뒤부터 모든 사물에 감정이 이입되고 있었다. 무얼 봐도 그것의 사정을 알게 되고 소리가 유추되고 때때로 마음이 간지러웠다. 일에 몰두하기 힘들었다. 즐기려 들면 나름 재미있겠지만 직장이란 건 깨지기 쉬운 얼음장처럼 완전한 몰두를 요구하는 위엄이 있었다. 잘리면 굶어야 했다. 이번 의류 OEM 회사는 일은 고돼도 동료들이 싹싹해 좋았는데 아쉬웠다.

소장은 유군에게 힘은 넘쳐 쓸만한데 집중을 못한다고 지적했다. 군대를 제대한 스물넷부터 10년 가까이 그를 유군, 으로만 불러온 삼촌이자 소장은, 대단지 아파트의 관리소장인데도 아파트 일은 한 번도 맡기지 않았다. 대신 다른 일거리들을 알아봐 줬다.

유군은 골똘히 앞날을 점쳤다. 거듭 머리를 굴려도

소장에게 다시 부탁하는 것 외엔 똑떨어지는 방법이 없었다. 뒷산으로 올라갔다. 도심에서 밀려난 자들이 머무는 변두리 재개발지가 발아래 있었다. 거의 빈집이었다. 땅은 칙칙하고 유리창이 깨진 교회는 구멍이 숭숭 뚫린 기린 같았다.

섬으로 가고 싶다, 고 문득 생각했다. 여름에 안면 접고 도망치지만 않았어도 찾아가 다른 일거리를 얻을 수 있을 텐데.

문어 때문이라 할 수는 없었다. 너무 자신을 하대하는 듯해 불편했다. 하지만 어떤 생각의 끝에도 문어 다리가 딸려 나와 꼬물거렸다. 한밤중의 검은 물결 위로 솟구쳐 올라 머리통을 흔들며 넘실넘실 수박밭으로 올라오는 문어들. 투명한 달빛 속에 넝쿨과 잎사귀를 타 넘고 들어가 수박을 한 통씩 껴안고 좌악. 신비로운 풍경이 아닐 수 없었다. 자꾸 떠올랐다. 웃음이 나왔다. 마구 감정이입이 되어 한 문어 한 문어에게 사연을 묻고 있는 자신의 입이 보일 지경이었다.

발아래 헐벗은 집들은 계속 무언가를 펄럭거렸다.

남루한 풍경이 보기 싫어 돌아섰다. 산비탈 위쪽에서 말하고 싶어 안달 난 나무와 바람난 나무들이 유군을 손짓해 불렀다. 돌아버리겠네. 유군은 뒷산을 내려와 짐을 꾸렸다. 돈을 털어 택시를 타고 용에게 갔다.

너는 딱 사흘만 봐주겠지만, 저 책들은 안 돼.

용은 가당찮게 큰 책 짐 때문에 아르바이트 반날 치를 택시비로 쓴 유군에게 침을 뱉을 기세였다. 책은 방에다 넣고 자기가 밖에서 자겠다는 표정을 지었지만 용은 양보가 없었다.

다 팔아. 아니다, 돈도 안 될 텐데 이참에 버려.

용은 유군의 짐 속에 든 빛바랜 대학 교재와 시효 지난 자기계발서와 소설 나부랭이들을 속속들이 알고 있었다. 1년에 한 번쯤 온갖 욕을 먹으면서 기어드는 유군에게 다른 소지품은 거의 없었다. 돈은 언제나 없었고 옷도 이불도 정처 없었다.

꿈 깨. 이딴 거 이제 쓸모없잖아.

용이 책 짐을 발로 찼다. 그 말은 책이 한때는 효용 가치가 있었다는 얘기라고 유군은 희미하게 웃었다.

방 어지르지 말고 밥은 나가서 먹어.

용은 눈을 부라리고 편의점으로 야간 근무를 하러 갔다. 용도 얼마 전에 회사에서 나왔는데 이유는 말해주지 않았다. 용도 사물에 감정이 이입되어 정신 사나워진 걸까.

배고팠다. 짐을 뒤적여 챈들러의 ≪기나긴 이별≫을 찾아냈다. 몇 권 남지 않은 소설 중에서 심신이 허기질 때 유일하게 꺼내 보는 책이었다. 몇 페이지를 읽었다. 소리 내어서도 읽고 물구나무서서도 읽었다. 좀 느긋해졌지만 역시 배고팠다.

참다못해 옷을 갈아입었다. 봄에 동묘 벼룩시장에서 위아래 세트로 샀던 운동복은 색과 무늬가 요란했다. 그날의 기분이 그랬던 게지. 거울 속의 제 모습에 좀 무안해져 유군은 얼른 용의 캡을 쓰고 밖으로 나갔다. 그날의 기분이 차분했더라도 사실 유군의 올해 슬로건은 옷은 밝게 입자, 였다. 땡땡이무늬도 격자무늬도 거리낌 없었다. 지난 몇 년간 일상이 무색무취에 가까웠다. 오로지 먹을 것과 잠자리 구하는 데 힘쓰느라 데이트며 영화며 누릴 겨를이 없었다. 팍팍한 생활을 단조롭다고만은 할 수 없지만 역시 색채는 없는 편이어서, 그는 튀는 옷으로 방점을 찍고 싶었다. 야밤 번화가의 삐끼들이나 궁궐 안 연못에서 허리를 실룩이는 잉어들이 화려한 건 그런 이유라고 생각됐다.

버스 정류장에서 삼각김밥을 우물거리며 가전 매장

티브이로 축구를 봤다. 검지에 붙은 밥알을 떼어 먹을 때, ≪기나긴 이별≫의 주인공 말로가 문득 부러웠다. 한 가지 일만 꽉 쥐고 왔더라면 지금쯤 나도 뭐라도 됐을 텐데.

또다시 문어가 생각났다. 아무래도 섬에 가봐야겠다. 수박밭은 갈아엎었겠지만 문어를 봐야만 했다.

용은 뱃삯을 빌려주지 않았다. 소장은 빌려주는 대신 공사장에 일당벌이를 시켰다. 시멘트를 깨고 조신하게 수건을 머리에 두르고 벽돌을 나르면서 유군은 노란 땡땡이 바지에 땀을 쏟았다. 가을 중간이었다.

공사장에서 돌아오면 누워서 쌓인 책들의 제목을 읽었다. 오래전에 그는 경제학을 택하지 말았어야 했다. 애초에 황당한 시도였다. 아마도 원한 깊은 궁핍으로부터의 탈출을 꿈꿔 그 학과에 진학했겠지만 지금 생각하면 함정이 있었다. 경제학은 폼나는 학문이었다. 언감생심 그런 것에 얼씬대지 말고 교사 임용이 수월하거나 더 실용적인 학과를 택해 졸업과 동시에 취직했어야 했다. 폼이 문제였다. 결국 두 학기 학비만 날리고 노동자가 되었다. 다행히 소장이 작은 회사들에 넣어줘 단벌 수트를 입고 내근과 외근과 야근을 두루 거쳤지만 잘리면 곧바로 노동이었다.

유군은 샛노란 바지를 내려다봤다.

용이 고마웠다. 사흘을 넘기고도 내쫓지 않았다. 유군은 일주일 동안 번 돈에서 나흘 치를 용에게 내밀었다. 이 방에서 겨울을 날 수 있기를 바랐다. 언제 정장을 다시 입게 될까. 학력은 달려도 경력이 좀 있으니 다시 회사를 뚫어보겠다던 소장은 왜 만나면 자장면만 사줄까.

이런저런 생각을 하던 밤에 전화를 받았다. 수박 섬 강양이었다.

와우.

살가운 목소리였다. 지금 서울이라면서 나올 수 있는지 물어왔다. 유군은 용의 갈색 바지를 몰래 입고 이태원의 카페로 찾아갔다. 놀랍게도 강양은 콕 찍어 이 카페에 꼭 한번 와보고 싶어서 올라왔다고 했다.

카페 때문에? 카페 보러?

그럼 안 돼? 서울에 언니 있다고 했잖아. 나만 안 바쁘면 언제든 올 수 있어.

실은 섬의 유일한 카페가 파산 상태여서 다른 가게

로 바뀌기 전에 얼마간 맡아볼까 싶어 겸사겸사 구경 왔다고 했다. 유군은 그녀와 밤늦도록 함께 있었지만 같이 자지는 않았다. 턱이 각지고 가슴과 하체가 비만 인 강양이 새삼 거대한 조류 같아 낯설었다. 꽤 오래 여자와 자지 않아서인지 설렘도 없었다. 무색무취에 무감까지. 마음이 아득해졌다. 유군은 강양의 동그란 가방을 탐냈다. 거울 조각이 붙어 번쩍거리는 핑크 숄 더백이었다.

운동해? 얼굴이 까맣네.

유군이 자꾸 가방의 거울 조각을 문지르니 강양이 유군 손등을 치며 물었다.

수박밭 인동 할아버지는 잘 계셔?

너 도망치고 나서 할아버지가 엄청 웃었어. 얼마나 놀랐겠냐며 재밌어 죽더라니까. 몇 년에 한 번쯤 그런 일이 있었대. 수박밭 망가진 게 유군 잘못이 아니라더 라고.

넌 왜 몰랐어? 나보고 구라쟁이라며.

우린 수박밭이 없으니까. 우리 집도 귀농한 지 몇 년 안 되잖아.

킁, 유군은 웃었다. 그 섬이 여의도만 한 것도 아니

고.

공사장 3층의 철제 비계 위를 걷다 미끄러졌다. 땅에 떨어진 유군은 부축을 받고 정신을 차렸다. 부러진 곳도 피 나는 곳도 없었다. 허리가 결렸지만 대수롭지 않았다. 그래도 인부들은 그만 들어가라고 채근했다. 토할 것 같으면 응급실로 가야 한다고 했다. 작업반장이 입들을 제지하고서 지금 바로 병원부터 가보라며 일당에 오만 원을 더 얹어줬다. 내 경험상 괜찮아 보이지만 우린 몸으로 벌어먹잖여. 안 자를 테니 하루 쉬어보고 나와.

통증도 없고 토하지도 않았다. 하지만 일터에는 나가지 않았다. 피로가 한꺼번에 몰려와 의욕이 없었다. 그는 종일 ≪기나긴 이별≫을 펼치고 사립 탐정 말로와 친구 레녹스의 행로를 읽어나갔다.

기운 없는 유군에게 용이 맥주를 사줬다. 어둑한 동네 펍에서 나이 든 여주인이 자꾸 말을 걸자 귀찮아진 용이 전화로 누군가를 불렀다. 30여 분 지나 한 남자가 들어섰다. 키가 심하게 작아 유군은 당황했다.

난 빅씨요.

네?

영어로 빅. 그는 손가락으로 테이블에 BIG이라고
썼다. 술집에서 오래 일하다 보니 그 이름으로 굳어졌
다며 씩 웃는데 눈빛이 신기했다. 유군이 본 어떤 고
달픈 사람보다 고달파 보이는데도 맑아서 자꾸 눈길
이 갔다.

전철역 뒤 야간 스테이지 바의 가이드님. 예전 내
여자친구의 오빠셔. 내가 막막했을 때 거기서 일하게
끔 주선해 주셨어.

그들은 맛있게 마셨다. 빅씨는 안 그래도 밖에서 실
컷 술을 마시고 싶었다며 유쾌하게 웃었다. 취중에 재
미있는 얘기도 많이 들려줬다.

피터는 여태 있어요?

나갔다가 다시 왔어. 미대에서 누드모델을 섰다나.
고정직이 아니어서 힘들었겠지.

빅씨는 리드미컬한 손목 꺾기로 술을 들이켰다. 셋
의 앉은키가 비슷하니 빅씨는 다리가 짧은 거였다. 유
군은 발로 슬그머니 빅씨의 발밑 쪽을 더듬었다.

피터 말야, 석 달 만에 돌아왔는데도 몸에 색이 배
어있더라고. 학생들이 신기해했대.

찬물에도 잘 씻기는 물감인데 왜 그랬대요?

걔가 잘 안 씻잖아. 여자들이 타투처럼 신기해한다고 안 지우고 퇴근도 곧잘 했지. 싸구려 물감은 피부에 스미기도 해.

스테이지 바에서 모델을 대상으로 바디페인팅 타임이 있는 모양이었다. 듣는 동안 유군의 머릿속에 색들이 풀럭거렸다. 조그맣게 물었다.

저도 해보고 싶은데, 자리가 날까요?

용이 놀라서 말렸다.

빤쓰만 입고 사람들 앞에 앉는 거야. 나도 그건 안 했어.

난 해보고 싶어. 해보고 싶네.

빅씨가 웃으며 기회 되면 만나자고 했다. 유군은 밤새 아롱다롱한 꿈들을 건너다녔다.

설마 바다가 자라날 줄 몰랐다. 눈앞에서 거대해지고 귀에서는 파도 소리가 요란했다. 질색이었다. 벽돌을 지고 일어서면 뱃멀미가 났다. 수다스러운 나무들이 밤새 떠들고 책들이 창가에서 공중제비를 돌았지만 바다만큼 자주 나부대지는 않았다.

유군은 용이 없는 밤에 책들을 죄 깔아놓고 위에 누웠다. 가슴에 손을 얹고 시원한 뱃전에 누운 사람처럼 천장을 올려다봤다. 흰 구름이 뭉게뭉게 피어오르기는커녕 얼룩진 천장이 망상을 깨곤 했지만 뱃고동 소리는 꾸준히 들렸다.

돌겠네.

편의점 샌드위치를 잔뜩 먹었다. 정신을 차리려면 기력이 필요했다. 다 먹고 전화를 걸었다.

관리소장이 아파트 일거리 하나 못 줘요? 내가 소장께 병신노릇 한 거 있어요?

소장은 엘리베이터 수리 중이라며 보채지 말라고 했다. 그리고 제발 소장 소리 집어치우고 삼촌이라고 부르라 했다.

유군이라며요? 먼저 거리 둔 게 누군데.

내가 굽신거려서 일자리 구해주면 뭐 하냐? 금방 잘리는데. 니가 문제야.

내가 돈을 달래요, 방을 달래요? 까짓 일자리.

소장이 킁 코웃음 쳤다.

다시 책 위에 누워 종이 냄새를 맡았다. 앞으로 책을 살 것 같지 않았다. 요즘 무슨 책이 나오는지 알지도 못했다. 그냥 십여 년을 안고 있는 이 책들, 희망 속에 모았던 책들을 오래 갖고 싶었다. 옷과 이불은 없어도 괜찮은데 이걸 버리면 세상에서 벌거벗은 느낌일 것 같았다. 경제의 이해. 기초 경제학. 황금의 역사 등등. 책들은 유군의 심정적 거처였다. 새 책을 사서 업데이트할 필요도 없었다. 이것들이 모든 책의 함의였다.

유군은 완성을 앞둔 신축건물 계단을 내려가다 주저앉았다. 전동기만 들고 있었고 발을 헛딛지도 않았는데 구를 뻔했다. 일어나 겨우 그날 일을 마쳤다. 갈비 쪽이 결리고 어깨가 쑤셨다. 일이 힘들기도 했지만 몸이 부대끼고 있었다. 며칠 뒤 용접 보조로 철판을 잡고 있다 또 주저앉은 유군은 공사장을 그만뒀다. 용에게 5일 치 일당을 건넸다. 그리고 피자 가게로 일자리를 옮겼다.

대걸레로 바닥을 닦는데 빅씨가 연락했다.

웃통을 벗고 권투선수처럼 흰 트렁크를 입은 유군이 홀에 나타나자 바의 매니저가 비웃었다. 유군은 살색 삼각팬티로 갈아입었다. 홀 정면에 설치된 스테이지 아래 둥근 좌대가 놓여있었다. 강한 스포트라이트는 다행히 비추지 않았다. 그런 적나라한 것은 촌스럽고 격이 떨어진다 했다. 유군은 무릎 높이의 좌대에 올라 엉거주춤 뒤돌아 앉았다.

최대한 자연스럽게. 너무 거친 손님은 니가 재빨리 제지하고.

매니저는 웨이터 한 명에게 초짜인 유군을 부탁하고 빅씨가 들고 온 플라스틱 버킷을 받았다. 방수포가 깔린 좌대 앞에 수용성 물감 몇 통이 배치됐다. 홀은 어둑했다.

맨 처음 자그만 손이 등을 살짝 쳤다. 유군은 짙은 색 수경을 쓰고 돌아앉아 있어서 누가 무슨 짓을 하는지 안 보였다. 이어 다른 손이 머뭇대며 목덜미에 닿았다. 차가웠다. 일회용 비닐장갑을 낀 손들이 물감 통에서 등으로 오갔다. 시시해 보여 힘을 뺐던 유군은 움찔했다. 커다란 손이 옆구리를 세게 때렸다. 테이블에서 웃음소리가 들렸다. 장난 아니네. 물감을 잔뜩 발라 거의 주먹을 날리는 남자와 슬슬 문지르는 여자들이 있었다. 한 다발의 손들이 동시에 등을 찍어 누르기도 했다.

유군은 오래 샤워했다. 발등을 타고 딸기색과 노란색이 흘러갔다. 계속 진땀이 났다. 허리와 등 쪽이 우둘우둘 부풀어 올랐다. 빅씨가 맥주 한 조끼를 건네주고 연고를 발랐다.

몇 번 맞다 보면 부풀지 않아. 다 먹고살게 돼있어. 빅씨의 손이 따뜻했다.

다음 날 유군은 가장 가까운 테이블에 앉아 빈 좌대를 지켜봤다. 피터와 일주에 두 번씩 교대하기로 했는데 유군은 몸이 멍들고 부어 한 주 쉬기로 했다.

옛 유대인의 줄무늬 로브 같은 숄을 두르고 피터가 걸어왔다. 새하얀 이부터 보였다. 숄을 벗어 던진 피터는 덩치가 어마어마했다. 두텁고 긴 몸에 머리통이 턱없이 작아 좀 웃겼지만 순해 보였다. 좌대에 오른 피터는 발바닥이 보이게 무릎을 꿇고 돌아앉아 목을 치켰다. 원반 던지는 남자처럼 팔도 앞뒤로 뻗었다. 모델스럽군. 유군은 웃었다. 피터는 후우, 후우, 숨을 내뿜고는 검은 덩어리처럼 고요해졌다. 머리 위로 불빛이 은은했다. 손님들이 용감해지기 딱 좋은 조도였다.

한 여자가 피터의 등에 세 번쯤 빠르게 입술을 댔다. 립스틱 자국은 보이지 않았다. 웨이터가 여자를 자리로 돌려보냈다. 음악이 빨라지고 손님들이 취하면서 피터 위의 미러볼이 돌기 시작했다. 우르르 몇 명이 나와 비닐장갑을 낀 손으로 새까만 팔뚝을 찔러보고 짧은 곱슬머리를 만졌다. 철썩철썩 꾹꾹. 바닥에 깔린 방수포에 물감이 튀었다. 지켜보던 유군은 이마를 긁었다. 눈을 문질렀다. 팔을 긁었다. 멀미가 났다.

땀 젖은 피터의 까만 등이 색으로 꽉 찼다. 허리 밑쪽은 더 두껍게 발렸고 발바닥은 빨갰다. 피터가 인도 무용수처럼 팔을 굽혔을 때 휴대폰 촬영 소리가 들렸다. 웨이터가 숄로 다급히 피터의 몸을 덮었다. 안 됩니다. 촬영 금지라니까요. 일어선 피터는 한 번 돌아보고 홀 뒤로 사라졌다. 빅씨는 흰 재킷을 입고 홀을 돌며 서빙하느라 바빴다.

취해서 혼자 고개를 주억거리는 유군을 매니저가 지나가다 쏘아봤다. 집에 돌아와 유군은 근사했다고, 꽃이 핀 심해어 같았다고 편의점 야간 근무를 하는 용에게 문자를 보냈다.

아름답더라. 엄청 멋졌어.

유군은 피터의 공연을 연속 세 번 봤다. 한 주의 쇼를 끝낸 피터는 팬티도 안 입고 주방에서 야식을 먹다 매니저에게 잔소리를 들었다. 다시 음식을 씹는 피터와 눈이 마주쳐 유군은 빅씨를 찾는 척했다.

다행이었다. 색에 얻어맞고 있으면 잡념이 없었다. 목이 아파 고개를 들면 어김없이 셔터 소리가 났고 실랑이가 생겼다. 잔뜩 구부린 뒤태를 왜 찍나. 어쩌면 등이 꽃밭 같을지 모른다고 생각했다. 난 열대어 쪽이 좋은데. 현란한 핵 구름도 괜찮고.

계절이 바뀌었다. 피터는 바의 누구와도 말을 나누지 않았다. 가끔 쇼가 끝난 뒤 좌대에서 일어나 온몸에 미러볼 불빛을 받으며 20초쯤 서있었다. 웃음 없이 큰 눈을 뜨고 살진 가슴을 펴면 아프리카 추장처럼 듬직했다. 동글동글 쏟아지는 오색 불빛 아래 배와 허벅지에 스스로 물감을 바르며 돌기도 했다. 천천히 리듬을 타며 어떤 날은 숲에서 나온 색스런 짐승처럼, 어떤 날은 북구의 하늘에서 흘러내리는 농밀한 오로라처럼 취객들을 홀렸다. 숄을 날리며 퇴장할 때 휘파람과 기립 박수도 받았다. 그런 날 피터는 씻지 않았다. 유군도 차츰 씻고 싶지 않아졌다. 색이 켜켜로 발려 비늘과 돌기로 변할 듯한 느낌이나, 두꺼운 외피의 느낌이 좋았다. 매번 새벽에 퇴근했다. 매번 눈이 내렸다. 용은 요즘 들어 새 여자친구의 원룸에서 자는 날이 많았다. 방을 비워주지 못해 미안했다. 눈이 많이 내렸다. 세상이 얼어붙을수록 바 안은 아늑했다. 취객들도 밖에 눈보라가 치면 술을 더 마셨고 더 경쟁적으로 물감 놀이를 했다. 전자담배를 문 한 여자가 버킷째 물감을 들이부으려고 날뛰었다. 유군도 그녀의 원피스 깃을 들추고 색을 부어 넣고 싶었다.

감기에 걸린 날 유독 많이 맞았다. 직업병이 된 듯 뒷목도 고개를 못 돌리게 뻐근했다. 빅씨가 짧고 통통한 손가락으로 척추를 눌러줬다. 신음이 날 만큼 아팠지만 그러고 나면 견딜만했다. 유군의 눈가가 축축해진 것을 보고 빅씨가 외면했다.

세상에서 가장 슬픈 소리가 뭘까.

빅씨의 물음에 유군은 눈만 껌벅였다.

내게 키 크는 기계가 있었어. 매일 밤 자기 전에 기계 위에 몸을 눕히고 노를 젓듯 양쪽에 달린 레버를 앞뒤로 당겼지. 그러면 판때기가 휘면서 내 몸을 잡아 늘이는 거야. 거열형 당하는 것처럼 억지로 사지를 늘이는 거지.

빅씨는 유군의 뒷목을 고루 눌렀다.

레버를 당길 때마다 끼익, 날카로운 소리가 났어. 매일 밤 오랫동안. 나는 목숨 걸고 기계에 매달렸거든. 다른 방에서는 어머니가 주무시고 계셨어.

끼익 끽. 빅씨가 들릴락 말락 소리 냈다.

어느 날 어머니가 혼잣말로 그러셨어. 그 소리가 세상에서 제일 슬프다고.

바다가 철썩이며 책들을 적셨다. 유군은 밤마다 물에 가까워졌다. 파도에 해풍에 바닷새들에. 한번은 물고기도 잡았다. 팔뚝보다 큰 물고기를 움켜쥔 순간 물고기가 꿈틀댔다. 경험해 보지 못한 이상한 힘이었다. 존재를 흔드는 것처럼 생동감이 있으면서 역겨웠다. 파닥거리는 것을 두 손에 쥐고 힘껏 바다로 던졌다.

방바닥에 깔린 책들을 보고 용이 화를 냈다. 발로 책을 차다가 유군을 찼다. 나가 새끼야, 하더니 내쫓는 대신 한숨을 쉬었다.

이러지 말자.

유군은 묵묵히 앉아있었다. 용이 경제학개론의 표지를 뜯었다. 한 장 한 장 뜯어내다 부욱 반으로 갈랐다. 두 권, 세 권째에 유군은 말렸다. 책 짐을 쌌다. 마직포 백에 담아 끈으로 묶었다. 한밤중에 싼 모텔로 거처를 옮겼다. 그리고 이틀 뒤에 섬으로 가는 배에 탔다.

도중에 유군은 경기를 일으켰다. 눈앞에서 바다가 솟구쳐 그는 비명을 질렀다. 아무 데나 가까운 섬에 일단 내렸다. 책 짐 하나만 덩그러니 곁에 있고 나머지 덩어리는 배에 실려 떠나버렸다. 목이 말라 가게 앞 평상에 앉았다. 소장을 닮은 낚시꾼이 담배를 사서 피우다 어디 아프냐고 물었다. 유군의 곁에 앉아 낚시 도구를 손보면서 가게 할머니에게 2인분 밥과 매운탕을 부탁했다. 그는 소장을 닮은 게 아니라 까마득한 예전에 첫 학기 첫 수업을 했던 경제학 교수를 생각나게 했다.

린포포. 유군이 중얼거렸다.

음?

린포포.

한번 건너면 다시 돌아오지 못하는 바다라고 말할 수 없었다. 너무 뜬금없을 거였다. 흐릿했던 포구와 가게가 똑바로 보이다 말다 했다. 현기증이 가시는 모양이었다. 유군은 매운탕을 먹다 토했다. 낚시꾼이 돈을 치르고 방파제로 얼른 내려가 버렸다.

유군은 가게 할머니에게 그 섬으로 가는 배편의 시간을 물었다. 할머니는 곁의 아주머니에게, 아주머니는 곁의 아저씨께 물었다. 장미칼을 들고 평상 가까이에서 생선을 따던 아저씨가 칼을 치켜들고 가게 벽시계를 가리켰다. 햇살에 번쩍이는 칼 빛이 눈을 찔렀다.

아까 떠났응께 낼이나 돌아올 건디?

들어가는 배를 타려고요. 나가는 배 말고 그 섬으로 들어가는 배요.

고거는 진작 끊겼제. 보자, 내일 낮 두 시에 도착이네.

유군은 다음 날 두 시에 배를 탔다. 파도가 시야를 막고 또 그를 덮쳤다. 전날처럼 나뒹굴지 않고 비명도 참았다. 보이지 않던 것들이 새롭게 보일 때마다 휩쓸리지 않으려고 버텼다. 팔을 저어 눈앞의 허접한 상들을 쫓았다.

조금씩 배를 타고 갔다. 너무 토하면 이런저런 섬에 내려 몸을 추슬렀다. 바위가 많은 한 섬에서 젊은 남자와 싸움이 붙었다. 늘씬하게 패줬다. 상대는 땅바닥에서 움직이지 않았다. 조금 뒤 유군이 걷고 있는데 쓰러졌던 청년이 곁에서 걷고 있었다. 또 시비가 붙었고 또 때렸다. 다섯 번인가 싸웠다. 그때마다 바닥에 쓰러트렸는데 상대는 계속 멀쩡하게 곁을 걸었다. 장미칼은 날카로웠다. 어쩔 수 없이 청년을 칼로 찔렀다. 내장을 끊고 살점을 도렸다. 칼날은 햇빛도 튕기고 달빛도 튕겼다. 청년과 싸울 때마다 유군도 손가락과 무릎을 베었다. 자다가도 싸우고 새벽에도 싸웠다.

아침에 배를 타고 떠나며 선창을 보니 청년이 옆모습으로 걷고 있었다. 손에 장미칼이 쥐어져 있었다.

유군은 사흘에 걸쳐 조금씩 그 섬에 다가갔다.

날이 풀리면, 남쪽은 날이 더 빨리 풀린다니까, 날이 풀리면 문어를 보게 될 것 같았다. 손에 들린 한 덩어리의 책 짐은 많이 무겁지 않고 유군의 팔 힘에 알맞았다.

꽃
구
름

방

도무지 재미없던 시절, 두 사람에게 눈길이 꽂혔었다. 새 할머니 황여순 씨와 운영이란 소녀였다.

　황여순 씨는 내 친할아버지의 새 아내였다. 전직 치과의사였고 목소리가 우렁찼다. 가무잡잡하고 밋밋한 얼굴이 좀 남자 상으로 예쁜 구석이 없었지만, 할아버지가 우리 집에 소개하려고 데려온 첫날부터 밝은 웃음소리로 호감을 샀다.

　예식도 없이 호적에도 올리지 않은 채 74세 할아버지는 동갑내기 황여순 씨의 집으로 들어가 4년을 함께 산 뒤 죽었다. 그 뒤 새 할머니와 우리 집은 드문드문 오가다 멀어졌는데 지난주 그녀에게서 내게 문자가 하나 왔다.

'돈 받고 싶으면 와라. 사흘만 같이 살자.'

꼽아보니 할아버지 장례식 후 5년이 지나있었다. 그녀가 여든셋, 나도 이제 서른이었다.

주말과 연차로 휴가를 얻은 나는 첫날 남자친구와 달콤쌉싸름한 데이트를 즐겼다. 심야 영화에 야식까지 먹고 그의 원룸에서 잔 뒤 아침에 시시한 일로 다투다 그는 출근했고 나는 이리저리 걷다 점심 전에 버스를 탔다.

편의점 팥죽 세트를 안고 환승 없이 달렸다. 하차한 곳은 늙은 나무들이 늘어선 오래된 동네. 시내와 가까우면서도 한적했는데 새 할머니 집은 한참 더 올라가는 비탈 위에 외따로 서있었다.

오르막 길가에 새 카페가 보였다. 이런 데 집 하나 가진다면 부러울 게 없겠다며 에코백을 추슬렀다. 새 할머니가 돈을 얼마나 줄까. 몇 달 먹고살 만큼이면 회사를 잠깐 쉬고 마우스만 놀리면 비명이 나려는 손목을 고칠 텐데, 생각하다 피식 웃었다.

"와우!"

마지막 모퉁이를 돌다 소리쳤다. 저만치 비탈 위에 찬란한 구름이, 눈 시리게 밝은 구름이 거대한 꽃처럼 황여순 씨 집 위에 얹혀있었다. 담 없는 집의 둘레로는 푸른 배추들까지 시원하게 넘실거렸다.

"저 쪼그만 집을 잊고 살았네."

편의점 봉지를 휘두르며 후하후하 달렸다. 원래 농지 안에 지었던 집이라서 긴 밭을 끼고 있었는데 그게 여태 남아있을 거라 상상도 못 했다.

현관에 들어서니 웃음소리가 왁자했다. 어두운 복도를 지나 활짝 열린 마루방으로 들어갔다. 눈앞이 환해지며 몇 사람이 돌아봤다. 새 할머니가 깁스한 다리로 바닥을 탁탁 치며 팔을 벌렸다.

"어서 와라, 얼굴 좀 보자!"

"어쩌다 이러셨대요?"

"발등에 금 갔대. 거의 나았어."

새 할머니는 내 얼굴을 끌어다 당신 뺨에 비볐다. 테이블에 둘러앉은 할머니들도 전에 본 적이 있어 인사하는데 누군가 노래를 부르며 방으로 들어왔다. 핫핑크 폴카닷 원피스를 입은 운영이었다.

"오랜만! 엄청 살쪘네요?"

운영이 내게 손을 치켰다. 석양에 벌거벗고 배추밭을 뛰어다니던 아이. 그때 여고생이었으니 지금은 20대일 거였다.

너무 늙어 남은 거라곤 웃음밖에 없다는 듯 할머니들은 연신 웃었다. 쪼글쪼글한 얼굴들이 몹시 웃으니까 어떤 열매 같았다. 면 모자를 쓴 한 할머니는 눈이 안 좋은지 자꾸 옆 사람을 더듬었다.

"20년을 읽었어도 책은 안 질려."

"암만. 제일 좋은 친구지." 할머니들은 교회 권사님처럼 조신하게 손가방을 열었다.

"마지막 책이야. 마지막으로 아주 맞춤해." 각자 큰 활자본을 펼치고 안경을 걸쳤다.

"모든 건 끝이 있으니까."

잔기침을 한 뒤 한 사람씩 책을 읽어나가기 시작했다. 운영이 창가에 선 내게 다가와 속삭였다.

"이거 알아. 발가벗고 하늘에서 쫓겨난 천사 얘기야."

"난 만화로 봤어."

키가 몹시 작은 운영의 창백한 얼굴을 보며 나는 귀를 기울였다. 성경 통독과 문학전집들을 거쳐 함무라비법전까지 독파해냈다는 독서 모임의 마지막 선택으로 꽤 좋은 스토리였다. 할머니들은 지상의 한구석에서 일꾼이 돼버린 미카엘 대천사가 하늘을 향해 세상 아름다운 미소를 날릴 때마다 가늘게 목소리를 떨었다.

돌아가신 할아버지 생각이 났다. 엄마 심부름으로 음식을 싸 들고 자주 왔던 때에 이 모임을 봤다. 난 책이라면 좀, 하며 슬쩍 도망치는 나를 뒤따라온 할아버지와 비탈길을 내려가 짬뽕을 사 먹었는데, 할아버지 얼굴을 자세히 본 것도 숨소리를 들은 것도 그때가 처음이었다.

페이지를 넘길 때 구석에서 밥통이 김을 뿜었다. 새 할머니의 '노래하는 밥통'에서 밥알이 익는 동안 미카엘 대천사는 하늘로 돌아가고 할머니들은 수줍게 웃었다. 나직나직한 목소리와 밥 냄새와 돋보기에 떨어지는 햇살들이 마루방을 비현실적으로 밝게 했다.

현관 벨이 울렸다. 새 할머니가 주문해둔 음식이 배

달됐다. 운영과 나는 밥을 푸고 전골과 보쌈들을 날랐다. 여태 감흥에 젖어 발그레한 할머니들이 젓가락을 챙겨놨다.

"이제 마지막으로 당신 얘길 해봐. 온갖 소문은 잘도 털면서 크레물린처럼 당신 속내는 안 열잖어."

더운밥을 먹느라 맺힌 땀을 닦으며 더듬이 할머니가 말했다. 새 할머니는 웃기만 하면서 이거 먹어, 저거 잡숴봐, 하며 엄청난 음식을 삼킨 뒤 심상하게 말했다.

"나는 50년은 감옥에 갇힌 듯 살았고 30년은 이 집에서 배추 보며 살았어."

"하필 배추냐고."

접시를 들고 바닥에 앉은 운영이 쿡 웃었다. 운영은 작은 집게로 음식을 듬뿍듬뿍 집어 먹었다.

"배추가 어때서? 배추랑 할아버지가 있어 난 너무 좋았다."

"할아버지뿐인가, 당신은 의사라서 돈 걱정은 없이 살았잖여. 집도 땅도 있고 딸린 식구 없이 홀가분히 뭐가 아쉬웠겠수?"

"그 덕에 우리가 많이 얻어먹고 얻어 썼어요. 마지

막이니 고마웠다고 말하고 싶네요."

새 할머니는 나도 고마웠소, 답했다. 식탁은 활기찼고 그녀는 맥주를 달게 마셨다.

"이 집 없었으면 난 등대지기가 됐을 거요."

곁에서들 웃었다. 새 할머니가 붉은 얼굴로 날 물끄러미 봤다.

"오십에 죽을 둥 살 둥 이 집을 지었어. 명색이 의사라고 대출해 줘서 빚덩이 안고 기를 썼지."

"왜 그렇게까지 했대요?"

"나쁜 연애를 했어." 그녀는 농담처럼 말하고 맥주를 따랐다.

"연애라니까 우습지? 난 좋은 남자를 한 번도 못 만났다. 제일 나쁜 남자가 우리 아버지였고 차례로 온 것들이 모두 내겐 악괴였지. 사주에도 눈물을 못 벗어날 고약한 팔자래서 혼자 살 작정으로 싸고 넓은 땅 찾아다니다 딱 여기서 멈췄어." 그리고 혼잣말했다.

"돈 벌게 의사 되라고 들볶아서 죽어라 공부했더니 막상 되고 보니 식구들이 차례로 죽더라고."

"아버님은 이 집을 봤다잖았수?"

"혼자 남아 속 썩이다 이 집으로 사기 쳐서 엄청난

사채를 끌어 쓰고 도망쳤소.”

“첨 듣는 얘기네.”

“객사했다두만. 속이 다 시원했어.”

음식 씹는 소리들이 멈췄다. 새 할머니가 이마를 긁었다.

“그 빚 갚느라 죽을 똥 쌌지. 난 의사질이 싫었소. 진력나서 환자 보다가 토악질도 하고 그랬어. 그러면서도 이 집을 못 놨네요. 평생소원이 들어간 집이라 놓을 수가 없더라고. 니 할아버지 만나려고 그랬을까?”

그녀가 내게 찡긋하며 덧붙였다.

“할아버지랑 산 4년이 내겐 봄이고 여름이었네.”

“근데 동네 안쪽에 지었으면 더 큰돈이 됐을 텐데. 덜 외로웠겠고이?” 누군가 소곤거렸다.

“매일 구취나 맡으며 썩은 이를 갈다 보면 휑한 데서 살고도 싶었겠지.”

더듬이 할머니가 전골 당면을 길게 뽑아 고개를 젖히고 빨아 먹었다. 국물이 턱으로 흘러내렸다. 나는 족발을 뜯고 콜라를 마시며 조금 초조해졌다.

"이 집 아이콘이지?"

할머니들이 놀다 간 뒤, 마루방을 치운 운영이 석양에 눈부시게 부푼 꽃구름을 가리켰다. 말을 올리랬더니 해죽 웃었다. 비탈길까지 절룩이며 배웅 나가 오래오래 손 흔들던 새 할머니는 안방에서 쉬고 있었다.

창밖은 온통 배추였다. 징그럽도록 촘촘했다. 5년 전 벌거벗은 운영이 저 밭으로 뛰어들었던 날, 할아버지 장례식에서 돌아온 새 할머니가 울고 있었고 집 안은 캄캄했고 운영의 난데없는 소동은 야하고 불경했다. 할아버지를 묻을 때 우리 식구 뒤에 혼자 뚝 떨어져 섰던 새 할머니가 안쓰러워 따라왔던 나는 어스름에 뛰어다니는 운영을 보며 하룻밤만 자고 가자 맘먹었었는데, 그 밤이 너무너무 길었다.

바람에 배춧잎이 들썩였다. 나는 문득 웃었다. 할아버지는 저 밭에서 큰일 보기를 즐겼었다.

"이 비싼 땅에서 똥을 싸면 왕이 된 거 같아요, 여순 씨. 바람이 사타구니로 흘러가는 느낌이 아조 멋져요."

꼬박꼬박 존댓말 쓰는 할아버지를 보며 새 할머니는 "귀엽잖니?" 소곤거렸다. "웃음소리가 방정맞고 도

무지 철이 없지만 니 할아버진 귀한 것들을 잘도 알아내시지. 진짜 중요한 게 뭔지 아는 양반이거든."

그런 말 들을 때면 나는 염창교 수제구두 가게의 직공이던 할아버지가 밤늦게 깨진 손톱 사이에 낀 때를 빼지도 않고 묵묵히 식사하던 날들을 떠올렸다. 할아버지는 황여순 씨가 재편집한 천진한 모습과 평생 일만 해온 따분한 노인의 모습으로 양분되었다가 결국 두 개의 각개 인간으로 내게 존립했다.

"문자 받고 왔지?"

운영이 창을 활짝 열었다. 나는 못 들은 체했다. 돈 때문만은 아니라고, 안부도 겸해 들렀다고 똑 부러지게 말할 수 없는 상황이었다. 바람에 달그락 소리가 들렸다. 운영이 창 바깥의 외벽에 박힌 깃대를 가리켰다.

"저거 봐 뼈야. 뽀로로도 있어."

깃대에 걸린 줄을 당기니 길쭉한 아이보리색 모형 뼈 두 개와 플라스틱 인형들이 실에 묶여 흔들렸다. 깃봉 자리엔 노란 실리콘 닭대가리도 꽂혀있었다. 이상한 곳에서 웃게 하는 새 할머니의 코믹한 닭 모가지엔 날카로운 발톱이 붙어있었다.

"못 말려 진짜."

운영이 깃대를 톡톡 쳤다. 매달린 것들이 빙글 돌았
다.

"냄새 땜에 골 아프다. 온 집 안에 웬일이라니."

"벌레가 득시글거린다고 석유 뿌려서 그래요. 쥐 쫓
는 데도 직방이래."

난방용 드럼통에서 조금씩 덜어서 쓰는데 아주 취
미가 된 것 같다며, 발등도 그러다 넘어져 다친 거라
고 운영이 투덜댔다.

"넌 여기서 쭉 살았니?"

"내가 왜? 난 그제 왔어. 현관 옆방에 어떤 남자도
와있던데?"

나는 갑갑해서 하늘을 봤다. 할아버지가 죽은 뒤에
나 혼자 놀러 왔던 때가 생각났다. 새 할머니랑 이 방
에 누워있었는데 그녀는 의사 그만두고 할아버지랑
농사짓던 얘기, 집 뜯어 먹는 불개미나 똥강아지 얘기
를 두서없이 하다가 구름을 올려다보곤 했다. 그러다
갑자기 숨을 죽였는데 조금 뒤 괴상한 소리를 내며 웃
었다. 손바닥으로 명치를 누르고 겨우 숨을 토해내며
웃었다. 배 아파요? 물으니 바람도 좋고 구름도 저리

좋은데 아프면 쓰나, 했지만 표정은 그렇지 못했다. 색색거리며 넓적한 얼굴을 일그러뜨렸다. 덩치 큰 노인네가 두 눈 크게 뜨고 뭔가를 견디는 모습에 나는 당황했다. 그녀는 30분쯤 그러고 있다 잠들었고, 그 후 나는 몇 번의 연애와 이별에 바빠 이 집에 더 오지 못했다.

"근데 그 남잔 누구래? 안 보이네?"

"나도 몰라. 아까 나가던데 그림 그리나 봐. 방에 그런 게 있더라고."

안방에 불을 켰다. 늦여름 바깥은 아직 훤했다.

새 할머니는 팥죽을 먹고 운영과 나는 캔맥주를 마셨다. 천장이 낮은 납작한 집에서 거실을 겸한 마루방이 제일 넓고 안방은 비좁았다.

"땅콩이 맛있네."

입술을 핥으며 운영이 침대에 기댔다. 새 할머니는 우리 집 소식을 물으며 발치에 앉은 운영의 머리칼을 만졌다. 쪼그려 앉았던 운영이 바닥에 누우며 티브이를 켰다. 셋이서 한동안 뉴스를 봤다.

"며칠 전에 영화 하나 봤는데" 운영이 채널을 돌리

며 말했다.

"늙은 카우보이가 계곡의 흙 한 바가지를 냇물에 걸러서 사금을 찾아냈거든? 근데 너무 작더란 말이지. 누런 이빨을 드러내며 쪼그만 알갱이한테 진지하게 물었다? Where is your daddy?"

운영은 푸하하 웃고, B급 영화의 꼬진 맛이란, 하며 또 웃었다. 그녀가 드라마나 영화 대사를 아무 때나 써먹던 생각이 났다. 새 할머니가 빈 그릇을 내려놓고 누비 조끼를 끌어다 입었다.

"안 더워요? 선풍기 꺼요?"

"니들이 덥잖어. 난 여름옷 못 입어. 더위를 많이 탔었는데 점점 춥네."

점심때의 활기를 찾아볼 수 없었다. 큰 몸을 웅크리고 물끄러미 깁스를 내려다봤다. 얼굴이 그림자처럼 검었다. 운영이 티브이를 끄고 손을 씻는다며 밖으로 나갔다.

"문자는 왜 보내셨어요? 시킬 일 있으세요?"

"보고 싶잖어. 통 안 왔잖니."

"독서 모임이 끝나 섭섭하시겠어요"

"노인네 하나가 올봄에 죽었어. 그래서 멈췄다가 마

지막으로 맛난 밥이나 먹자고 모였지."

노래를 기차게 잘 불렀다고 또 이마를 긁었다. 전엔
없던 사마귀가 붙어있었다.

"사람 설레게 카랑카랑했어. 그 귀한 목청도 다 녹
아버렸겠지?"

운영은 돌아오지 않았다. 우리는 밖에 귀를 기울이
다 얘기를 잇곤 했다.

"……너는 제일 좋은 날이 언제냐?"

그녀가 뜬금없이 물었다.

"먹을 거 많은 날? 너 먹는 거 좋아했잖어. 흐흐."

"맞아요. 그치만 제게 최고 좋은 날은요…… 화창한
데 아무 할 일 없는 날?"

회사가 지겹다는 말이 나오려다 말았다.

"어디든 갈 수도 안 갈 수도 있고, 잠을 자도 안 자
도 되는 하염없는 날 있잖아요."

새 할머니는 가만히 창밖을 봤다.

"아까 밥 먹다 실없는 얘길 괜히 했어."

그녀가 꿈지럭거리며 누웠다. 나는 깁스한 발을 편
히 놔주고 불을 껐다. 밖으로 나오니 어두운 복도에
운영이 앉아있었다.

"나 아기 가졌대. 5개월째래."

"근데 술 마셔?"

"헤어진 남잔데 나 혼자 낳으려고. 그래서 돈이 필요해요."

우리는 얘기하며 마루방 한쪽에 요를 깔았다.

"결혼이 왜 싫어?" "어딜 맘대로 못 가잖아." "아이 생기면 더 못 가지." "아이는 필요한 집에 보내려고요." 생명을 품어보고 싶다고 운영이 말했다. 한숨 쉬며 내게 뭐 하고 사느냐고 물었다. 대답 대신 나는 운영의 특이한 얼굴을 쳐다봤다. 코가 작고 턱이 각졌지만 어떤 순간 깜짝 놀라게 빛나는 구석이 있는 예쁜 얼굴이었다. 운영은 핫핑크 원피스를 벗고 짧은 팬츠로 갈아입었다. 눈꼬리에 섀도우를 잔뜩 바르더니 밖으로 나갔다. 그리고 밤새 돌아오지 않았다.

아침 일찍 부엌에서 소리가 들렸다. 들여다보니 흰 티를 입은 뚱뚱한 남자가 믹서기를 돌리고 있었다. 눈이 마주쳐 나는 깜짝 놀랐다. 할아버지 장례식장에서 신도 두 명과 미사를 보던 젊은 신부였다. 구석에 운영이 피곤한 얼굴로 앉아있었다.

"30분 뒤에 모이랍니다."

신부가 계란프라이와 주스를 안방에 가져갔다. 나는 커피를 들고 밖으로 나갔다. 소형차가 비탈길에 서 있었다. 걷다가 멈춰서 시멘트와 판자로 땜질한 낡은 집을 바라봤다. 날씨가 흐려 유리창이 어둡고 깃대에 묶인 것들이 부딪는 소리가 들렸다. 휴대폰을 꺼내 남자친구의 전화와 문자들을 훑어만 봤다.

안방에서 새 할머니가 기다리고 있었다.

"이 집을 내놨다."

그녀가 간명하게 말했다.

"팔려고요? 이 아까운 집을?" 운영이 놀라 물었다.

"난 요양원으로 들어갈란다."

"갑자기 왜?"

"언제 소리 없이 죽을지 모르잖니. 고독사는 흉해."

"사람 쓰면서 계속 살지 왜. 다 버리고 간다고?"

"니가 들어와 살래?"

"싫어요!" 운영이 고개를 저었다.

"할 말은 오지게 하고 말지. 너도 싫지? 그러니 어쩌겠니."

다 정리했는데 한 가지가 걱정이라며 새 할머니가

신부를 쳐다봤다. 그가 천에 싸인 것을 방바닥에 펼쳤다. 깃대에서 달그락거리던 아이보리색 막대 중 하나였다.

"네 할아버지 팔뼈다."

"그건 또 뭔 소리야. 장난해요?" 운영이 짜증 냈다.

"니들이 할아버지께 돌려주고 와."

새 할머니가 별 표정 없이 말했다.

"할아버지가 돌아가시기 전에 불에 타기 싫다며 우셨어. 안 태우겠다, 잘 묻어주겠다 했더니 다음 날엔 또 깜깜한 땅속에 들어가기 싫으시대. 너희 집에서 화장은 안 한다며 산에 묘를 썼잖니. 발인 전날 미사 볼 때 내가 몰래 잘라냈어."

나는 피식 웃어버렸다.

"말이 안 되잖아요. 입관할 때 우리 식구 모두 할아버지를 지켜봤거든요. 그 자리엔 참석도 안 하시구선."

새 할머니는 애매하게 끄덕이더니 날 비스듬히 보며 "그랬지" 했다. 그리고 신부를 향해서 꼭 그 일로 성직을 그만둔 게 아니라지만 어쨌든 지금은 신부도 신자도 아니라니 미안하다고 말을 돌렸다.

"근데 왜 밖에 걸어놔? 소중하다며요."

운영이 코에 닿을 듯 뼈를 탐색하며 물었다.

"평생 구둣방에 갇혀 사셨는데 시원하게 비바람 맞으면 좋잖니? 볕도 원 없이 쬐고."

딱 부러지는 대답 없이 두루뭉술 넘어가는 대화에 나는 화가 났다.

"이젠 내가 돌볼 수 없어서 되돌려놓자 했더니 저 친구가 못 한대. 이 집을 주겠다고 조르고 윽박질러도 싫단다. 그러니 함께 부탁하마. 돌려주고 오면 집 판 돈을 나눠줄게. 셋이면 할 수 있잖니?"

"엉터리 얘기를 왜 해요? 진짜 뼈 아니잖아요."

성질내는 나를 가만히 보던 그녀가 무어라 말할 수 없이 다정하게 웃었다. 나는 황당해서 전직 신부를 쳐다봤다. 무표정이지만 그가 어떻게든 이 일을 해결하고 말 거라는 맥락 없는 생각이 드는데, 운영이 뼈를 툭 건드렸다. 깨알 같은 잔구멍과 반점들로 얼룩져 있었다.

셋이서 집 밖을 서성거렸다.

"난 못 해요. 진짜 뼈든 가짜 뼈든 상관없어. 할아버지 욕보이는 말이잖아."

노망난 거 아니냐고 나는 막말을 했다.

"못 할 거 뭐 있어? 조금만 파고 묻으면 되잖아. 조화도 그렇게 심잖아."

운영의 말에 그가 고개를 저었다.

"관 뚜껑을 열고 넣어달라셨어요"

"가짜 뼈면 더 쉽지. 근데 그거 가짜 아니었어."

"니가 뭘 알아?" 나는 화를 냈다.

전직 신부의 눈은 아까부터 운영에 고정돼 있었다. 신부였던 놈도 할 수 없구나. 미모는 저래서 권력이야. 나는 팔짱을 꼈다. 운영은 다소 흥분 상태였다. 뼈가 그녀를 자극한 것 같았다.

"혼자 오래 살아서 이상해진 거야. 뭔가 음모가 있어."

드라마 대사 치듯 운영이 말했다. 나는 어이없어서 대꾸도 싫고 어차피 오늘 떠나지 못할 바엔 지켜나 보자 싶었다.

"해결할 수 있어. 할 수 있다고!"

운영이 주먹을 흔들었다.

"의견은 항문과 같다니까. 누구나 한 개씩 가지고

있잖아. 말을 하자고."

그와 나는 동시에 운영을 봤지만 웃을 기분이 아니었다. 혹시 정말 치매가 아니냐고 나는 그에게 물었다.

"그러고 보니 이상해. 변덕 부리고 혼자 벽 보고 웃기도 했다고. 오락가락하신 거야? 그런 거예요?" 운영이 다그쳤다.

"잠을 못 주무시고 감정 기복이 있지만 그 정도는 아닙니다."

휴대폰을 놔두고 며칠씩 집을 비우기도 하고 살림을 자꾸 내다 버리기도 하지만 걱정할 만큼은 아니라 했다.

"그보단 심장이 많이 안 좋으세요. 독거가 겁나긴 합니다. 요양병원도 그래서 준비했고."

띄엄띄엄 오가던 말이 끊겼다. 의견은 모이지 않았다.

"이상하게 들리겠지만."

그가 조심스레 운영 쪽으로 입을 뗐다.

"사진을 몇 컷 찍게 해주면 내가 혼자 처리하겠습니다."

"싫은데?"

운영이 대뜸 고개를 저었다.

"난 오타쿠나 변태의 그림에 이용되기 싫거든."

그가 놀라 눈을 크게 떴다.

"여자들을 그리고 싶어서 신부 관뒀어요? 릴리스 맞죠? 내가 스케치북을 훔쳐봤거든. 늑대처럼 생긴 여자 발밑에 릴리스라고 쓰여있던데?"

운영이 크게 웃었다. 전직 신부는 찌푸렸지만 담담하게 말했다.

"번역한 책에 일러스트 삽화를 붙여보려던 겁니다, 느낌이 비슷해서."

"그 여자와 내가 어떻게 비슷해요? 사이즈부터 다르잖아, 난 엄지 공준데."

"됐습니다."

그가 몸을 돌려 집으로 들어갔다. 나는 운영에게 릴리스가 뭐냐고 물었다.

"아담의 첫째 부인. 황야에서 아이들을 꾀는 악녀래. 유태인 밀교에도 나오고 성인물 히로인에 날개 달린 팜므파탈, 검색해 봐. 장난 아냐."

사제들은 역시 여자 보는 눈이 남다르다며 깔깔 웃던 운영이 심하게 어두운 얼굴이 되어 아기가 들어있는 배를 쓸었다.

　오후에 비가 왔다. 우리는 둘러앉아 호박전을 먹었
다.

　곱슬머리를 하나로 묶은 운영이 몸을 긁적거렸다.
먹으면서 허리를 자꾸 비틀더니 젓가락을 놓고 밖으
로 나갔다.

　"쟤는 바람기 땜에 큰일이야." 새 할머니가 혀를 찼
다.

　"길에서 주웠다고 터무니없는 말씀하셨잖아요."

　"그랬나. 열댓 살에 누구한테 심하게 얻어맞고 이
집에 뛰어 들어왔어. 맞아서 터진 몸이 누더기 같았지.
재워 보냈더니 가끔 와서 몇 달도 살고 며칠도 살고
그랬다. 콩알만 해도 집 안팎을 야무지게 청소해놓고
가더라고."

　"요양원은 정말 가실 거예요?"

　그녀는 더없이 따뜻하게 웃었다. 이스터 석상처럼
크고 굳은 얼굴 어디에서 그런 웃음이 생겨나는지 수
수께끼였다. 그 웃음 때문이라기보다 가쁜 숨을 내쉬
곤 하는 모습에 마음이 쓰여 나는 뼈 얘기를 더 꺼내

지 못했고 화도 못 냈다. 조만간 요양원으로 옮길 예정이라면 집이나 치워주고 갈 생각이었다. 돈은 물 건너갔고 그럼 개털로 떠나나, 하는 생각도 스쳤지만 어차피 잔고 없는 인생이었다.

새 할머니가 운영의 얘기를 다시 꺼냈다.

"내가 그 피멍 자국을 잘 알지."

먹던 걸 내려놓고 두 손을 모아 쥐었다.

"나도 어른이 되도록 징하게 맞고 살았거든. 굶기고 욕하고. 공부를 못하면 죽여서 버렸으려나. 돈 떨어지면 잔혹해지는 부모였어."

혹시 겨울에 쫓겨난 적도 있냐고 내가 물었다.

"쫓겨났지. 그렇다고 몸이 몇십 년 전 그 추위를 기억이나 하겠니? 그냥 몇 년 새 부쩍 춥다."

그녀가 두툼한 어깨를 움츠렸다.

"소름 끼치게 추워. 난 무서운 게 없는데 그게 겁나네. 봐라, 땅에 묻힌 망자의 뼈를 볕에 말려주면 오죽 좋겠니. 여름비는 덥고 바람도 뜨겁지. 겨울엔 이불 속에 넣어주면 돼."

내 표정이 안 좋았는지 "전쟁이 나면 난 추위 땜에 지레 죽을걸" 하며 장난스레 으흐흐 웃으며 불길에 등글게 말리는 오징어처럼 몸을 꼬아 보였다. 살덩이가 출렁거렸다.

"괜찮다. 살날 얼마 안 남았는데 그런 게 대수냐. 괜찮다네."

그녀는 일어나 발을 끌며 안방 창가로 갔다.

"끝나면 끝이라네. 괜찮아."

창밖에 얼굴을 내밀더니 갑자기 온갖 욕을 하기 시작했다.

"오늘 치 욕을 못 했어. 너도 해볼래?"

속이 개운하다며 그녀는 침대에 다시 올랐다.

사실 그건 개 뼈야.

잠 속에서 누가 말했다. 이거 꿈이지 생각하면서 나는 눈을 떴다. 새 할머니가 구부정히 날 내려다보고 있었다.

"개 뼈건 사람 뼈건."

나는 서서히 깨어났다.

"사랑했다는 거잖아요, 요컨대."

"사랑했지. 온 마음으로 참 많이 아꼈다. 늙어서 만난 게 아쉽지 않을 만큼 우린 재미났어. 니 할아버진 작은 거인이셨지."

마지막 말이 웃겼고 왠지 맥 빠졌다. 술을 마시다가 안방에서 잠들어 버린 모양이었다. 나는 널린 캔과 접시들을 치우다 짜증 냈다.

"약 좀 그만 쳐요. 머리 아파. 벌레도 별로 없구만."

"장마 전후로 늘 뿌려. 해충이 지긋지긋해. 그렇게 독하냐?"

"방충제 사다 뿌리면 될 걸 무거운 통 들고 펌프질은 오바죠. 깁스까지 하시고선."

대비해놔야 겨울에도 잡것들이 몰려들지 않는다며 그녀가 껄껄 웃었다. 커다란 앞니 두 개가 장대했다. 나는 그녀를 빤히 봤다. 마음먹으면 쉽게 무너지지 않을 저 완강한 몸. 웃음기 빼면 허술한 구석이란 없는 얼굴. 기운 없다면서 멀쩡한 표정으로 괴상한 부탁을 해대는 그녀를 유심히 뜯어봤다. 다른 눈으로 바라보니 굳은 표정과 다정한 웃음의 사이가 무언가 허전했다.

그녀가 몸을 앞뒤로 흔들었다.

"인생에서 제일 좋은 날이 언제냐……" 눈을 가늘게 떴다.

"너는 화창한 날 아무 일도 없을 때라고 했지. 그 말 들으며 난 꽃을 생각했거든."

"꽃 같은 날요?"

"아니 꽃 같은 사람들."

새 할머니는 이불깃을 쓸었다.

"중 이마 씻은 물처럼 밍밍해도 늘 한결같던 독서 모임 노인네들도 꽃이고, 없는 살림에 내게 음식을 보내준 니 엄마도 꽃이고, 내 집에 온 이웃들도 꽃이지."

늙은 얼굴이 소리 없이 웃었다.

"꽃 같은 사람들 많았다. 그런데 막판에 보고 싶었던 게 너희들 셋. 이상도 하지."

그러면서 팔을 뻗어 내 머리를 쓸었다.

"여름에 우리 한번 물놀이 갔잖니. 넌 내게 물을 물이라고 가르쳐준 사람이야."

나는 아무 말도 못 했다. 그녀 얼굴이 그렇게나 가라앉고 끝 간 데 없이 아득한 걸 나는 전에 보지 못했기 때문이었다. 물놀이 갔던 건 맞지만 뭘 가르쳐준 기억은 없었다. 가만히 있다가 소리 내어 웃기도 하고 소리 없이 웃기도 하는, 웃음 속에 사멸해갈 것 같은 얼굴을 바라보는 동안 새 할머니가 흐느끼기 시작했다.

그녀는 대놓고 울었다. 깁스한 발을 끌며 울었다. 운영과 나는 왜 그러냐고 따라다니며 물었다.

"눈물이 자꾸 샌다. 그래서 울어보기로 했다."

안에 물 항아리가 생긴 것처럼 출렁거린다고 가슴을 눌렀다. 요양원에 가면서 눈물 항아리를 지고 갈 수 없으니 다 비우고 가련다, 그래서 운다고 했다. 운영은 눈을 껌벅였고 나는 얼마나 더 쏟아야 할지 모르겠지만 새 할머니의 그 말에 묘하게 안심이 됐다.

우리는 집을 치우려다 이삿짐센터에서 알아서 할 테니 그냥 두라는 말에 마루방으로 갔다. 선풍기를 창턱에 올려 집에 밴 냄새를 빼며 비 그친 밤을 구경했다.

"사진을 열 장 찍었어."

"나체로?"

"그건 엽기지. 그냥 옆으로 서서 계속 아무 표정 짓지 말래요. 내가 너무 웃어버려 잡쳤지만."

창밖은 물기로 번들거렸다.

"아담의 아내라는 그 여자, 고독을 얼음 코트처럼

껴입고 있었을 거잖아. 불쌍하잖아. 그래서 모델을 서 봤는데."

운영이 목덜미를 긁었다.

"릴리스는 밤의 존재라나. 그래서 밤 얘기가 많대. 밤에 우는 애들, 황무지, 뭐 그딴 것들. 달빛이 쎈 날엔 말이 쓰러지고 강물이 부풀고 심장박동이 빨라진대요. 그럴 땐 달을 보기만 해도 빨려 든대. 근데 듣다가 난 까맣게 잊어먹은 어릴 때 기억이 났다? 돈을 몇 장 훔쳐서 깨진 담 틈에 숨겼거든. 한밤중에 꺼내는데 손끝에 뭐가 스쳤어. 쥐였을까?"

그때부터 운영은 혼자 묻고 답했다. 입을 다물지 못했다.

"나는 생리 때면 색이 터져요. 섹스를 못 하면 내장을 들어낸 것처럼 배고프고 허해."

운영이 쏟아내는 말 때문에 나는 색이 터지는 대신 두통이 났다. 이마를 짚고 섰다가 나도 모르게 뼈 얘기를 꺼냈다.

"가보자. 신부님 불러서 산소에 가자. 땅이 젖어 쉬울 거야."

묘를 헐고 삽질해 보자 했다. 말하고 보니 못 할 것

도 없었다.

"차로 가면 금방이야. 개 뼈는 무슨. 할머니가 울잖
아."

운영은 듣는 둥 마는 둥 덥다고 서성거리기 시작했
다. 눈빛이 흔들리더니 불안하다며 방을 나갔다. 곧 비
탈길을 달려 내려가는 발소리가 들렸다.

나는 눈을 감고 누웠다. 납작한 집으로 무거운 바
람이 거슬러 왔다. 눈알만 밝은 검은 여자가 구부리고
서서 비스듬히 날 보고 있었다. 거친 살갗, 갈라 터진
발꿈치. 앙상한 손에 이끌리는 작은 아이들도 보였다.
나는 눈을 비비고 어떻게든 자버리려고 이어폰을 꼈
다.

운영이 창밖을 오갔다. 우리는 쉬 떠나지 못했다.
집 안을 들락거리며 저마다 다른 곳에서 시간을 보냈
다. 아무것도 한 게 없는데 내 에코백엔 돈이 든 봉투
가 들어있었다.

"잘들 가거라. 고맙다." 돌아서서 안방으로 들어간
새 할머니는 조용했다. 방문을 열어보니 자겠다며 이
불 속에서 손을 흔들었다. 나는 잿빛 집의 외벽에 기

대 땅바닥을 오래 봤다. 전직 신부는 집 뒤쪽 경사진 곳에서 책을 읽고, 운영은 가방을 팔에 끼고 나무 아래 앉아 새 할머니에게 받은 금목걸이로 햇빛을 튕겨 보고 있었다.

오후 1시. 내가 그 집을 떠나 비탈길을 터벅터벅 내려갈 때, 펑, 소리와 함께 집이 불탔다. 나는 전직 신부와 운영이 각기 다른 방향에서 집 쪽으로 달려가는 걸 봤다. 작은 집이 밭 가운데서 몽글몽글한 연기 속에 타오르고 있었다. 그가 다급하게 뛰어들었고, 소리치며 뒤따르던 운영이 되돌아서 도망치다 멈춰 불을 바라보았다.

둘레로는 푸른 배추들이, 하늘엔 새하얗고 거대한 꽃구름이 활짝 피어있었다.

눈이 부셨다.

작은

코의

집

앙팡은 그럭저럭 생긴 금붕어였다. 금빛 찬란은커녕 누리끼리한 데다 뭉툭한데도 그의 딸아이는 정성으로 안부를 여쭙고 먹이를 대령했다. 앙팡이 물의 요정만 아니라면 매일 껴안고 잤을 것이다. 앙팡은 행운아였다. 해부 실습용으로 문방구에서 샀다는데 그날 학교에 붕어가 많아 녀석은 순교하지 못하고 집에 돌려졌고, 딸애는 치즈를 먹다 그 허드레 잉여 붕어를 앙팡이라 불렀다. 앙팡은 병 꼭지를 자른 생수병에서 7개월을 산 뒤 놀라운 역사를 보였다. 앞머리 정중앙에 비늘 한 개가 완전히 흰색으로 바뀐 것이다. 아하, 아하, 딸과 그는 뜨악하게 쳐다보다 고놈 참 통통한 짓을 저질렀군, 하며 병을 톡톡 쳐줬다. 앙팡은 나름의 희수 미수를 넘기고 생수병이 탁해질 무렵 흰 비늘을 다이아몬드처럼 빛내며 고요히 떠올라 죽었다. 이 아파트에서 수명을 다한 생물은 앙팡이 처음이었다.

그날, 그도 조용히 퇴사했다.

집에는 우울증이니 건들지 말라고 통보했다.

지난봄부터 고통을 호소하다 아내의 귀가 시간에 맞춰 베란다에서 투신하려는 생쇼를 벌인 뒤 치료받는 척해왔기 때문에 병증은 가족에게 먹혔다. 미친, 좀 참지 회사를 관둬? 맹렬히 비난하던 아내는 가까스로 화를 참았다. 좀만 쉬어봐요. 약은 잘 먹고 있지? 휴식 뒤에 다른 일거리 못 찾으면 내가 고용하지 뭐. 아내는 주먹으로 그의 가슴팍을 퍽, 치고 문을 쾅 닫고 나갔다. 좀 건방지다 싶었지만 아내는 그럴 자격이 있었다. 결혼 초에는 그 혼자 벌어먹였지만 똑똑한 아내가 친구 일을 돕다 자력으로 화장품 가게를 내어 지금은 그보다 더 벌고 있었다.

돌발적으로 그는 울고 웃었다. 아내와 딸은 그의 감정 변화의 높고 낮은 골을 챙겨볼 시간이 없었다. 가게로 학원으로 정신없이 돌다 밤늦게 귀가했다.

혼자일 때 그는 적막에 귀를 기울였다. 실제 치료받지는 않았지만 보통 사람의 1.5배 정도의 불안과 피해망상은 있지 않나 스스로 진단해온 지 몇 년. 회사에서는 들키지 않으려 애썼고, 들키지 않을 정도면 객관적으로 괜찮은 상태 아닐까 격려하며 기를 쓰고 살았다. 하지만 매일의 격려라는 게 매일 임계점까지 치닫는 안간힘이어서 그는 좀 먹먹한 사내가 되고 말았다.

마흔셋. 가까스로 탈출했지만 막상 몽롱했다.

난생처음 진짜로 상담치료사를 찾아갔다. 통조림 속의 절임 꽁치에 대해 진지하게 중얼거리고 부끄러워했다. 상담사가, 체증이에요, 감정을 감춰서 생긴 체증. 원인을 찾아보세요, 했다. 그 말을 듣고 거리를 걷다 한갓진 동네 슈퍼에서 노인들 한담을 들으며 두어 시간 쉬었다. 과자와 소줏값을 기꺼이 내줬지만 어울려 술잔을 기울이진 않았다. 그는 맨정신으로 이 알 수 없는 소슬함을 해결하고 싶었다.

- 개와 늑대의 시간이네?

소독약을 든 아내가 창밖을 보며 말했다.

- 생각나요? 바다에 놀러 갔을 때 당신이 어슴푸레

한 일몰을 보며 그랬잖아. 개와 늑대의 시간이네, 이건지 저건지 모르게 세상이 흐릿해 좋네. 그리고 막 웃었거든. 기억나요?

그는 허공만 봤다. 찢어진 팔뚝에 아내가 거즈를 붙여줬다.

- 엘리베이터 두고 왜 계단을 오르다 굴러떨어져요? 택배기사가 놀라서 신고했대. 엊그제 당신이 아파트 지하에서 잠들었을 때도 경비 아저씨가 데려왔잖아.

자꾸 이렇게 사고 치면…… 아내가 혀를 찼다.

- 약 먹어요. 난 또 가봐야 해, 월말이잖아.

아내가 나간 뒤 그는 잠들었다. 꼬박 하루를 자고 깨어나 얼굴을 붉혔다. 아내에게 미안했지만 일터로 돌아가기 싫었다. 이삼일을 밤새 뒤채며 훌쩍거렸더니 아내가 작은방에 싱글 침대를 놔줬다.

딸아이가 피아노를 똥땅거렸다. 그는 커피를 마시고 나가서 아파트 외벽 모서리를 들이받았다. 별이 보였지만 어디도 찢어지지 않았다. 어지러워 한참 기대 있다 집에 올라가 부풀어 오른 광대에 연고를 바르고 흰죽을 먹었다. 소파에 쭈그리고 있는데 아내가 어디

선가 얻어둔 소설책이 눈에 띄었다. 꼬리꼬리한 청나라 얘기였다. 난데없이 재미가 들려 침대로 가져가 읽었다.

어린 소년이 극한의 가난을 벗어나려 고향을 떠나는 장면이었다. 내시가 되어 입궁해 출세하겠다고 스스로 칼을 잡고 낭심을 잘라 거세한 소년은, 아픈 아랫도리를 추스르며 혼자 집을 떠나 달려가다 뒤돌아봤다. 어린 누이가 진창 구덩이에 앉아 울고 있었다.

글의 생생한 묘사에 울컥해 책을 배에 올려놓고 천장을 봤다. 어린 누이의 울음과 그때 바람에 흔들리던 갈대들을 떠올렸다. 다시 책을 펼치던 그는 울음소리에 딸려 나온 어떤 소리, 생생하게 귀를 울리는 맑은 웃음소리를 들었다.

– 야, 어디 가? 농구 한 빵 안 뛸래?

– 이따 체육관으로 와!

– 밥만 먹고 갈게. 공 챙겨놔.

수오! 그는 숨을 죽였다.

수오. 다른 동네에서 이사 온 수오와 격한 우정에 취한 때가 있었다. 고등학생인데도 수오는 만화에서 걸어 나온 미소년처럼 여리여리하고 작았다. 수줍은

미소, 선명한 눈동자. 무릎을 세우고 앉아 캔버스 끈을 묶을 때면 신비로운 동물처럼 등이 둥글게 휘던 수오와 게이란 소문이 날 만큼 붙어 다녔다. 거의 매일 수오의 방에서 잤고 스스럼없이 수오 어머니가 차려준 밥을 먹었다. 비슷하게 대학에 갔고 함께 입대했지만 제대 후엔 수오만 복학하고 그는 곧바로 아르바이트에 뛰어들었다. 어렵던 집안이 더 어려워져 어쩔 수가 없었다.

책을 움켜쥔 그는 미간을 찌푸렸다.

가까스로 대학을 마친 다음 해 겨울, 이미 졸업과 취업에 성공했던 수오가 술을 샀다. 수오는 그를 물끄러미 보다 잔을 채워주곤 했다. 꾸준한 운동으로 키가 크고 몸이 탄탄해진 수오는 정장을 갖춰 입어 말쑥했다. 어느 순간부터 그는 술잔을 놓지 못했다. 계속 들이켰다. 자꾸 허리가 휘고 발밑이 흔들렸다. 계산을 마친 수오가 그를 부축했다. 그는 수오의 어깨에 팔을 둘렀다. 함께 집에 가려고 택시를 잡았는데 그를 먼저 태운 수오가 뒤로 물러섰다.

- 다신 연락하지 마.

- 뭐?

- 연락하지 말라고 개새끼야.

그날 이후 수오를 보지 못했다. 그도 취직했고 얼마 후 다른 동네로 이사했다. 이른 결혼도 했다. 대리를 거쳐 과장이 되어 술배가 불러가던 어느 날, 그때까지 싱글이던 수오가 췌장암으로 죽었다는 소식을 들었다. 뭐? 왜? 그는 되물었다.

손에서 책이 떨어졌다. 그는 부엌으로 가서 물을 마셨다. 수오의 웃음소리가 생생하고 손끝이 저렸다. 불쑥 요란하게 개 짖는 소리가 들렸다.

작은 코!

꽃이 만발한 수오네 뒤뜰에서 웃음소리를 따라 펄쩍펄쩍 뛰던 하얀 개. 모두가 수오 애인이라고 놀렸던 흰 개의 이름이 작은 코였다. 코가 튀어나올 자리가 함몰돼 까만 단추가 구멍에 박힌 듯한 형국이어서 달리 뭐라 부를 수가 없었다.

작코! 작코!

둘은 함초롬한 솜뭉치 같은 녀석이 보이기만 하면 공이든 신발이든 멀리 던졌다. 녀석이 신나게 달려 몇 번이라도 꼬리 치며 주워 왔기 때문에 둘은 녀석을 열렬히 예뻐했다.

수오의 옛집은 그대로였다.

골목 한쪽에 서서 그는 어두운 단층집을 훔쳐봤다. 담장 없이 현관문만 달린 외관도, 집 앞의 단풍나무도 전과 같았다. 골목 끝에 가로등 빛만 희미할 뿐 동네가 조용했다.

한참 지켜보다 돌아서려는데 집 뒤쪽 귀퉁이에 불빛이 돋았다. 주위를 살피고 얼른 집의 측면으로 들어갔다. 옆집 담과의 사이에 비좁은 통로가 있었다. 살금살금 걸어가 맨 끝방의 불 밝힌 창을 슬쩍 봤다.

남자가 서있었다. 느낌이 이상했다. 심호흡하고 다시 봤다. 별건 아니고 그냥 좀 묘했다. 다음 날도 다음 날도 그는 그 방을 훔쳐봤다.

주인이 바뀐 그 집에선 매일 파티가 열렸다. 밤 9시, 끝방에 불이 켜지면 둥근 테이블에 빵이 놓이고 접시와 포크와 잔 몇 개가 세팅됐다. 움직이는 건 남자 혼자였다. 손님과 음식이 매일 바뀌어도 인간은 오직 그 혼자뿐이었다.

어둠 속에서 그는 뒷벽에 붙어 섰다. 작코조차 얼씬대지 않아 낙엽만 수북하던 곳. 집 뒤뜰로 연결됐던

축축하고 비좁은 통로 한끝이 지금은 철제 펜스에 막혀있었다.

– 안녕하세요? 케이예요.

방 안에서 남자가 인사했다. 스웨터를 입은 공기 인형과 바비, 야채 몇 개가 의자에 앉았고, 솜을 채운 큼직한 소년 인형이 짤막한 팔을 접시에 얹고 있었다. 테이블 스탠드의 주황색 불빛이 인형과 늙은 호박들에 뭐라 말할 수 없이 아리송한 표정을 만들었다.

– 반가워요.

케이가 휴대폰을 켜고 의자를 흔들었다. 장장장장 음악 소리에 소년 인형이 어깨를 들썩였고 야채가 건들거렸다. 방 안에 활기가 돌았다. 눈웃음치며 케이가 공기 인형을 간질였다. 몹시 말라 휘청거리며 오늘의 손님들께 쉴 새 없이 물과 빵을 권했다. 먹이고 토닥이고 다시 제자리에 내려놓길 반복하며 몇 사람 몫을 하느라 정신없었다. 피곤해 보였다.

그는 한 발 물러서며 뒷목을 쓸었다. 보기 불편했다. 음악 소리는 작아도 격했고, 케이의 그림자는 불빛에 터무니없이 커져 우줄거렸다. 방구석에 선 등신대의 여자 인형이 주먹만 한 눈으로 창밖의 그를 뚫어지게 보고 있었다.

후우. 그는 발꿈치를 내렸다. 깡마르고 피곤하기는 그도 마찬가지였다. 하필 케이는 그와 또래로 보였고, 지나치게 절도 있는 가식적인 쇼가 뭔가 언짢게 켕기는 느낌이었다.

오버야.

야밤에 이런 짓이 한심했지만 그는 떠나지 못했다. 찡그리고 케이를 지켜보다 무심코 배를 눌렀다. 이따금 그는 자신에게 모래알 같은 구멍이 있다고 여겼다. 몸이라 불리는 자루에서 바람이 가늘게 새나간다고도 느꼈다. 바람이 빠지면서 내장과 골수와 뼈가 조용히 말라 좀 더 일찍 죽기를 바랐고 가끔은 너무 오래 산다 싶었다. 거짓말. 거짓말. 그는 웃으려다 말았다.

머리털이 어수선한 소년 인형에게 케이가 살갑게 속삭이고 있었다. 뭔가 설득 중인 듯했다. 소년 인형은 생각에 잠겨 요지부동이었다.

다음 날 저녁 그는 숙모네 백반집으로 갔다. 밥을 먹으며 옛 동네 얘기를 나눴다.

- 여전하더라고요. 집들은 더 허름하고.

당근을 깎던 숙모가 웃었다.

- 집이 사람보다 빨리 늙어. 정붙이고 살던 주인이 바뀌면 금세 낡더라고.

마침 배달되어온 배추 더미를 주방에 옮겨주고 그는 마저 밥을 먹었다. 말없이 티브이를 보다 식당을 나섰다.

밤 9시가 넘었는데 그 집은 캄캄했다. 써늘한 통로에서 그는 창을 타고 내려온 담쟁이를 똑똑 끊었다. 지붕을 덮고도 끈질기게 영역을 넓혀온 담쟁이가 징그러웠다. 비 온 뒤면 뭉텅이로 밟히던 지렁이의 기억 때문인지 땅 냄새도 역했다.

갑자기 방에 불이 켜졌다. 흘긋 보니 아무도 없고 의자에 인형들만 놓여있었다. 불이 저 혼자 켜진 것처럼 10여 분간 움직임이 없었다. 창을 톡톡 두드려보고 싶었다.

벽장이 여태 있을까?

저도 모르게 그는 혼잣말했다.

있겠지. 집이 그대론데 벽장도 그대로겠지.

예기치 않은 전개였지만 이쯤 되니 집 안에 들어가 벽장문을 열어보고 싶었다. 케이 따위엔 관심이 줄고 벽장에서 그것을 한번 찾아보고 싶었다.

여태 있기나 할까.

벽장은 수오의 방에 있었다. 벽 중간에 창문 크기로 깊숙이 공간을 내어 문짝을 달아둔 구식 수납장이었다. 꽤 많은 잡동사니가 들어갔다. 수오랑 같이 잘 때면 이불을 꺼내느라 다리를 크게 벌려 기어오르곤 했는데, 작코를 놀리려고 엉덩이를 밀어 가둬두면 혼비백산 벽장문을 긁기도 했었다.

불이 꺼졌다. 어떤 손이 스위치를 눌렀는지 그는 보지 못했다.

망설이다 케이의 뒤를 밟았다. 정류장까지 케이는 길 가장자리로만 붙어서 걸었다. 버스로 15분쯤 가서 하차해 재래시장의 이불집으로 들어간 케이는 어머니로 보이는 늙은 여자를 지나쳐 안쪽으로 사라졌다.

맞은편 카페 2층에서 그는 가게를 내려다봤다. 온갖 수예품이 내걸린 곳에서 케이가 뭘 하는지 알 수 없었다. 오후 4시쯤 케이가 나왔다. 근처 잡화점에서 수소를 채운 고래 풍선과 색종이를 사더니 이번엔 버스를 타지 않고 걸었다. 앞에서 행인이 올 때마다 하늘을 보며 다리를 꼬고 있다 다시 걸었다. 솟구치는 고래 풍선을 추스르며 한참 걸어 공원으로 들어갔다. 벤치에 케이가 앉고 그는 키 높이의 잎나무 뒤에 숨었다. 케이는 오가는 산책자들을 멀어질 때까지 지켜봤다. 벤치 가까이에서 벌레를 들여다보는 아이를 눈부신 듯 바라보기도 했다. 그러다 주머니에서 책을 꺼내 반듯한 자세로 읽었다. 계속 그 자세 그대로였다.

너도 피곤하게 사는구나. 그는 비웃었다. 가증스러운 새끼.

어두워져서 케이는 공원을 나섰다. 집 쪽으로 가는 케이를 지켜보다 그는 숙모에게로 갔다.

- 찌개엔 왜 손도 안 대? 야채도 먹으라니깐.

숙모가 반찬을 밀었다. 왕래가 거의 없던 숙모가 엄마와 똑같이 말해 신기했다. 그는 밥만 떠먹었다.

- 오늘은 거기 안 가니?

숙모가 물었다.

- 미친 남자가 없디?

- 미친 남자 아니라니까요. 이불집 아들이더라고요.

- 안 미쳤으면 요망한 것들 앉혀놓고 오밤중에 그러겠냐? 어째 그러고 산대?

그는 숟가락을 빨며 숙모를 빤히 봤다.

- 근데 소년 인형을 볼 땐 왜 그렇게 웃는지 모르겠어요. 세상에서 제일 행복한 사람처럼요. 딴건 쓰다듬고 마는데 개한테만 그래요.

- 싸이코 아냐? 시체들 앉혀놓고 노는 살인마들도 있드라, 세상에.

- 그런 걸 왜 봐요? 접때도 잔인한 호러물 보시던데 그만 보세요.

- 많이 안 봐. 그냥 억울하게 죽은 사람들이 나오니까. 끝에 복수하고 깜빵에 처넣고 나면 안심하고 자게 되니까.

이상한 숙모. 그는 숙모가 밀어준 나물을 먹었다. 퇴사 후 아내가 사둔 멸치볶음 따위를 집어 먹다 숙모네 식당을 떠올린 그는 한번 찾아왔다가 거의 매일 들러 밥을 먹고 있었다. 몇 년 전까지 숙부의 기일마다 본가에 찾아와 소리 없이 울고 갔던 숙모는, 자식도 없어 혼자 식당을 차렸는데 손맛이 좋았다. 수오의 옛집과도 멀지 않은 동네였다.

- 찾아야 할 게 있다며? 내가 망을 봐주리?

그는 웃고서 숙모와 두런두런 파를 다듬었다. 아무

것도 아닌 잡담을 누구와 나누는 게 얼마 만인지, 시시콜콜 말하다 보면 마음이 편했다.

- 참, 내일 미역국 좀 끓여줘요. 제 생일이거든요.

- 그래? 니 식구도 데려와 같이 먹을래?

- 제 식구는 돈 버느라 바빠요. 눈만 마주치면 구박하지만 그래도 착해요.

숙모가 킁 웃었다. 손님이 들어 숙모는 주방으로 갔다. 그는 티브이를 보며 물을 마시다 머리가 희끗한 숙모를 바라봤다. 국밥을 차려낸 숙모가 가게 뒷문을 열어놓고 허름한 창고 곁에서 상추 화분에 흙을 떠 담고 있었다.

옛 동네를 걸었다. 수오네 집은 주택가 평지였지만 춥고 어둡던 그의 집은 고등학교 뒤편 언덕에 납작 붙어있었다. 그쪽으로는 가지 않았다. 서러운 기억이 많았다. 늘 주눅 든 표정이던 부모님은 아파트로 이사한 지금도 그와 통화할 때면 기운이 다 빠진 목소리로 아픈 데는 없는지 아이는 잘 크는지 웅얼거렸다.

수오의 집에 도착해 잠기지 않은 창이 있나 체크했다. 틈 하나 없었다. 끝방 유리창에 코를 대고 다닥다닥 모여 앉은 인형들을 구경하는데 집 앞쪽에서 무슨 소리가 들렸다. 대머리 노인이 골목 맞은편 담벼락에서 피딱지처럼 눌어붙은 담쟁이를 뜯고 있었다.

- 누구요?

- 아, 저기.

- 누군데 남의 집 뒤꼍에서 나오셔?

그는 머뭇거리다 안녕하세요? 인사했다. 한때 중년이었던 이웃 남자의 얼굴이 그제야 기억났다.

- 혹시 여기 살던 수오 학생 기억하십니까?

- 수오? 아, 그 수오? 죽었다는 총각?

- 네. 췌장암으로 죽었죠.

도둑으로 몰리기 싫어 그는 또박또박 대답했다.

- 학생 때 자주 놀러 왔었는데 그때 어르신을 뵀어요. 오랜만에 와봤네요.

- 그러셔? 동네에서 저 집이 제일 안 변했지. 우리만 해도 다 헐고 새로 올렸거든.

노인이 자랑스레 제집을 가리켰다. 이웃들이 모두 새 담장을 높이 올려서 담 없는 수오 옛집만 아랫도리를 벗은 듯 허전했다.

- 거긴 주인이 두 번 바꼈어. 얼마 전에 이사 온 이

는 기척 없이 조용한 모자더라고.

그는 웃을 뻔했다. 기척이 없다니 이 양반아, 밤마다 희한한 파티가 열리는구면. 케이는 이불을 꿰매는지 수를 놓는지 매일 가게에 머물다 왔지만, 그 어머니를 여기서 본 적은 없었다. 노인이 그를 빤히 봤다. 그는 공손히 말했다.

- 저쪽 주민센터 뒤에 공사가 있어요. 회사 일감인데 공정 보러 가끔 옵니다. 옛 생각이 나네요.

짜증을 참으며 그는 자리를 떴다.

케이는 엄청난 양의 밥을 먹었다. 밤 9시 40분. 창백한 형광등 빛에 처진 눈을 거의 감고 열심히 씹고 삼켰다. 인형들은 깡그리 사라졌고 방엔 케이 혼자였다. 천연덕스러웠다.

문득 뭔가 휘둘린다 싶었다. 속이 뒤틀렸다. 그는 돌발적으로 집 앞으로 가 현관문을 두드렸다. 한참 만에 캄캄한 거실 창에 케이가 나타났다. 흰 얼굴이 섬뜩했다. 문이 조금 열리자 그는 재빨리 구둣발을 밀어넣었다. 안에서 불안한 숨소리가 들렸다.

- 저, 멀리서 온 사람인데요, 전에 여기 살았거든요.

- 그래서요?

가늘게 떨리는 음성을 기대했던 그는 우렁찬 목소리에 움찔했다.

- 집을 한번 보고 싶습니다. 그리워서요. 남자가 이런 말 하면 웃기지만 그럴 수 있잖아요.

- 뭐가요?

- 오랜만에 한국에 오니까 생각나서요. 어릴 때부터 20년 가까이 살았거든요.

- ......

- 몇 초면 됩니다. 괜찮을까요?

- 괜찮지 않습니다. 싫습니다. 이런 태도도 싫고요. 집을 맡겨놨습니까? 내놓으란 거예요?

비약이 심한 남자였다. 망상증이 있을지도 몰랐다. 별안간 문틈에서 꼬챙이가 쑥 튀어나왔다. 놀란 그는 발을 뺄 뻔했다.

- 현관에서 살짝만 볼게요.

- 신고하기 전에 꺼져!

문이 닫히며 손가락이 꼈다. 그는 튀어 오를 듯 욕을 했다. 겨우 손가락이 빠지고 문 잠그는 소리가 들렸다. 당신 이상한 사람인 거 다 알아! 그가 소리쳤다.

변태 새끼잖아.

　다음 날 어스름에 젖은 휴지를 대고 창을 깼다.

　유리 조각을 뽑고 몸을 밀어 넣었다. 곧장 수오가
쓰던 방으로 갔다. 옷가지 몇 개가 걸렸을 뿐 휑했다.
그는 벽장문을 열었다. 컴컴한 공간에 서랍장이 놓여
있었다. 기어 올라가 앞으로 당겨놓고 뒷벽을 더듬었
다. 송판을 성글게 잇대 마감한 벽이었다. 손바닥의 감
촉으로 쓸어나갔다. 바닥 쪽에서 틈새가 만져졌다. 손
가락을 넣어 깔짝거렸다. 딱딱한 종잇조각이 닿았다.
가슴이 쿵쾅거렸다. 손끝에서 미끄러지는 걸 간신히
꺼내 쥐고 방바닥으로 뛰어내렸다. 현관문을 열고 나
가는데 요란하게 개 짖는 소리가 들렸다. 돌아보니 개
는커녕 그림자 하나 없었다. 골목을 달렸다. 큰길에 도
착해서 숨을 몰아쉬며 편의점 불빛에 종이를 들이댔
다.

　사진이었다.

　그런데 기억과 달랐다. 그는 분명 수오와 작코를 함
께 찍었었다. 불빛에 비친 사진에는 수오 혼자 서있고,
검게 퍼진 덩어리가 수오의 머리에 얹혀있었다. 숨은

그림찾기처럼 한번 눈에 잡히면 계속 또렷하게 보이는 형체. 산란한 빛이 눈부신 여름날이었다. 시공을 초월한 듯 서늘한 흑백 풍경 속에서 수오는 호수의 물 위에 선 것도 같고 공중 부양 중인 듯도 했다. 웃고 있었다.

사진을 든 손이 떨렸다. 그는 지하 카페로 내려갔다. 술을 들이켤수록 몸이 떨렸다. 시간 차이를 둔 두 개의 장면이 생생히 떠올랐다. 뒤섞여 샴쌍둥이처럼 한 몸이 된 기억.

하나는 대학생이던 어느 대낮이었다. 아르바이트를 끝낸 그가 혼자 수오의 집으로 가고 있었다. 예상대로 수오 어머니는 직장에, 수오는 헬스장에 가고 없고 작코만 꼬리를 살랑이며 그를 반겼다. 수오 방에 들어가 책상 서랍을 열었다. 수오는 죽은 아버지의 유품인 롤렉스 시계를 보물처럼 아꼈는데 언제나처럼 상자에 담겨있었다. 시계와 함께 행운의 순금 열쇠까지 훔쳤다. 방을 나서던 그는 책장 위에서 자신이 찍었던 사진 한 장을 발견했다. 어째선지 그 사진을 쥐고 벽장으로 기어 올라가서 뒷벽 틈새에 감췄다. 그리고 뛰어 내려 도망치는데 똘망똘망 따라오던 작코가 그를 가로막고 맹렬하게 짖었다.

훔친 것으로 한 학기 등록금을 냈다. 반년 뒤 가까스로 졸업했을 때 이미 회사원이던 수오가 술을 샀다. 취한 그를 택시 뒷좌석에 밀어 넣고 수오는 함께 타지 않았다. 다시는 연락하지 마. 개새끼. 그리고 문을 닫았다. 달리는 택시에서 그는 뛰어내렸다. 되돌아가 수오를 갈겼다.

- 훔쳐도 된다고 생각했어. 절박했으니까.

수오가 비웃었다. 수치심에 대해 뭐라 뭐라 말하고 그를 노려봤다. 그는 다시 수오를 공격했다가 앞니가 부러지도록 맞았다. 분노의 크기만큼 때렸으면 숨도 끊었을 텐데 수오는 그가 땅바닥에 쓰러지자 멈췄다. 가방을 주워 들고 가는 수오의 뒷모습에 그의 머리꼭지가 타들었다.

- 니꺼도 아니잖아. 니 아버지 걸로 넌 실컷 해먹었어!

악을 썼다. 왜 모른 척했어? 알면서 왜 입 처닫고 있었냐고 개새끼야! 욕을 퍼붓자 저만치 가던 수오가 돌아와 그에게 침을 뱉었다.

카페 화장실에서 다량의 오줌을 발사하고 돌아와 다시 사진을 봤다. 수오가 활짝 웃고 있었다. 함께 찍은 작코는 역시 보이지 않았다. 그의 눈길이 사진 속 작코를 찾아 헤매는 동안 수오 뒤편의 구름 덩어리가 서서히 위로 올라갔다. 수오의 어깨와 머리 위로 커다란 그림자가 드리웠다. 찍어 누를 듯한 검은 그림자를 머리에 이고 수오가 무어라 말하며 웃었다.

아가리.

순간 수오 뒤통수에서 거대한 형체가 확실하게 아가리를 벌렸다. 머리통을 산 채로 베어 무는 흉측한 모습이었다. 카메라 포커스를 맞춘 순간 살기를 느꼈지만, 그는 깔깔 웃으며 셔터를 눌렀다. 바람에 쏠린 불온한 구름 그림자가 섬뜩하게 바뀐 순간을 포착해 신났을 뿐이었다. 계속 웃었고, 아무것도 모른 채 시커먼 아가리에 머리통이 먹힌 수오가 해맑게 웃는 걸 손가락질하면서 아 웃겨, 아 웃겨, 하며 계속 찍었다. 더없이 유쾌했다.

수오가 죽었다고 들었을 때, 시계보다 행운의 열쇠보다 이 사진이 먼저 떠올랐다. 그때도 몸이 후들거려 어디론가 기어들어 정신없이 마셨다. 그리고 수오를 잊으려 애쓰다 차츰 잊었다. 잊으면서 사진을 찍던 순간의 거침없는 웃음소리도 잊었다. 이후 그는 다시 크게 소리 내 웃은 적이 없었다.

사진을 잘게 찢어 변기에 버렸다.

숨차게 마셨다. 요란하게 길을 건너 고등학교로 들어갔다. 이사한 후 처음이었다. 수오와 담배를 나눠 피우던 곳을 헤맸다. 쪼그리고 앉아 취한 머리를 주억거렸다. 허공에 손을 내밀었지만 잡히는 손은 없었다.

홀린 듯 쏘다녔다. 몸이 뒤집혀 떠다니다 여기저기 부딪쳤고 사방에서 토했다. 그는 택시에 탔다. 숙모네 식당 문을 두드리고 들어가 계속 주무시라 하고 찬물에 세수했다. 창고에서 삽을 찾아들고 나왔다. 숙모가 하품하다 놀라서 그건 왜? 소리쳤지만, 뭘 좀 심어야 해요, 하고 수오네 집으로 갔다.

통로 끝의 펜스를 타 넘고 어두운 뒤뜰로 들어가 한 구석을 팠다.

케이가 집에서 뛰어나와 그를 끌어냈다. 삽을 휘두르고 다시 팠다. 케이가 괴성을 지르며 발로 차다가 긴 쇠 빠루로 그를 내리쳤다. 날카롭게 구부러진 날로 그의 등과 어깨를 찍고 깔고 앉아 목을 조였다. 취중에 숨이 막혀 그는 까무러쳤다.

눈을 뜨니 어둠 속에 케이가 무릎 꿇고 앉아 겁에 질려 울고 있었다. 밀어내고 다시 땅을 팠다. 구덩이 속을 더듬었다. 잡초 뿌리들이 손에 걸렸다. 돌멩이와 지렁이를 뽑아내고 피가 엉긴 손으로 흙을 헤치며 집요하게 뒤졌다. 마침내 작고 뾰족한 것이 손가락에 잡혔다.

아내와 딸은 잠들어 있었다.

그는 작은방으로 갔다. 갈피를 잡으려 애썼다. 거짓말. 거짓말. 욕설과 웃음소리. 시계와 열쇠와 부러진 이빨. 그는 숨을 몰아쉬었다. 시간 속에서 걸어 나온 수오는 다시 시간 속으로 멀어져 가뭇했다. 머릿속의 수오만 지우면 수오는 애초부터 없는 거였다. 그가 일으킨 일과 일어난 일들이 줄지어 일어섰지만 또렷하지 않았다. 어째선지 꽃 냄새가 났다. 뭔가 타는 냄새도 났다.

누워서 이불을 머리끝까지 끌어올렸다. 오래 숨죽이고 있다가 이불을 뒤집어쓴 채 한 손을 내밀어 꼭 쥐고 있던 작은 것을 협탁에 올려놨다. 수오가 그에게 침을 뱉은 날, 그가 산 채로 뒤뜰에 파묻었던 작은 코의 가느다란 뼛조각이었다.

새

남자

바다에 떨어져 파도에 쓸린 뒤 대도시의 항구에 닿았다. 사람들이 나를 발견하고 강렬한 눈빛으로 쳐다본다.

여러 해 동안 받아보지 못한 시선이어서 도망치고 싶지만, 몸은 이제 내 것이 아니다. 사람들이 치를 떨며 건져낼 때까지 물결에 흔들리고 흔들릴 뿐.

새

남자는 죽기 전까지 나와 함께 있었다. 오늘 아침 외진 시골의 작은 해변에서 돌연 바다로 몸을 던질 때까지 열흘 내내.

*

그는 폭염 속 모래밭에 엎드려있었다. 허리부터 발끝까지 하체를 바닷물에 담근 채 팔뚝에 얼굴을 묻기도 하면서 목걸이를 만지작거렸다. 둥근 메달이 달린 금사슬 목걸이가 튕긴 햇살이 내 눈을 찌를 때면 고개를 돌리고 싶었지만, 그는 다른 손으로 내 목을 쥐고 있었다. 턱으로 내 까만 깃털을 간질이거나 날 등에 엎어놓고 함께 잠들기를 바라듯 졸기도 했다.

그의 체취. 해풍이 섞인 땀 냄새가 좋았다. 사랑받고 있다고 느끼면서 스스로는 꼼짝도 할 수 없는 내 몸체가 자랑스러웠다. 나는 모래 속의 삭은 뼈처럼 묵묵했지만, 솜이 든 내 머리통 속으로는 뭉쳤다 풀어지는 구름처럼 많은 무늬가 지나갔다. 불만이 없었다. 그가 이 외진 곳에 나타나 축축하게 뭉개진 채 버려진 나를 주워 든 이후 우린 함께였다. 그는 종일 눈을 감고 있기도 했다. 아랫도리만 투명한 물에 담그고 엎드려 금사슬을 걸고서 종일.

새야. 나는 말이지,

로 시작되는 얘기는 두 마디로 끝나거나 한나절씩 이어졌다. 나는 긴 얘기가, 특히 호르르 한숨 쉬고 내 깃에 이마를 묻으며 이어갈 때의 색다른 얘기들이 좋았다. 겨우 장년을 지나고 있을 뿐인 그는 자기 키보다 긴 얘기를 몇십 개쯤 가진 듯했다.

생각해 보면 새야,

로 시작되는 얘기들. 작았던 날, 산과 바다와 사람들은 크고 그는 아주 작았던 날들의 얘기는 앙증맞고 눈물겨워 완강한 육체를 가진 그를 문득 투명한 무엇으로 만들곤 했다. 그날들이 새야, 너무 생생해. 그는 웃었다.

하늘은 컸어.

나는 조그맣고 배가 크게, 숨도 못 쉴 만큼 고팠어. 눈만 뜨면 배가 고팠단다. 그런데 새야, 몸이 크고 보니 사랑, 이 더 컸어. 아, 사랑은 좋은 거더라고. 사랑이 허기를 채워줘 놀란 나는 먹을 걸 원하는 대신 사랑을 갈구하게 됐는데 알고 보니 그것도 절대적으로 크지는 않더군. 때론 귀이개보다 작았어. 부서지기도 쉬웠지. 나는 완벽한 걸 쥐려고 손을 뻗었어. 늘 손이 허전했으니까.

그의 눈빛이 표독해졌다. 날 선 목소리로 바늘을 찔러 넣듯 내 깃을 쥐고 말했다. 돈에 대해, 힘과 번쩍이는 것들, 부서진 것과 부순 것과 짓이기고 찢은 것, 찢긴 것들에 대해 거칠게 말했다. 분노를 품은 인어처럼 꼬리로 수면을 때리며 몹시 붉어졌다가 창백해지곤 했다.

흥미로웠다. 내 머리통 속에서도 지난날 나를 가졌던 온갖 종류의 생명체가 일어서기 시작했다. 나를 때린, 만진, 망가트리고 쓰다듬은 것들. 특히 인간들, 그 이상스러운 겹을 가진 오묘한 인간들이 떠올랐다. 인간의 겹이란 산야에 핀 꽃들의 겹과 달리 요철이 심하고 어슴푸레해서 변덕과 기행으로 내게 애증을 보였고, 나 또한 인간을 연모하고 또 저주했다.

엎드린 남자는 계속 말했다.

난 지독히 달렸어. 더 거머쥐려고 날뛰고 싸우다 쓰러져 병원에 실려 갔단다. 가물거리는 의식 속에서 낚시에 걸린 듯 지난날들이 딸려 나왔는데 그 끝이 바다더구나.

그의 흰 다리가 물속에서 흔들렸다. 인어 남자. 그

가 많이 울고 난 아이처럼 종잡을 수 없는 눈빛으로 내 눈알을 빤히 본 순간 놀랍게도 내 촉이 깨어났다. 그의 사념의 일부가 선명하게 내게 스몄다.

……이 새는 안 운다. 단지 내 머릿속의 새일지도. 시간이 난다면 이 새를 남쪽으로 들고 가 은황사 요사채 뒤뜰에 놓아둘 텐데. 해바르고 조용한 곳. 나는 은황사에 다시 가게 될까. 푸른 옷을 입었던 그녀는 아들과 함께 은황사를 떠났을까. 왜 내 아들이 아니고 다른 사람의 아이였을까. 나를 조금 닮기도 했었는데.

그는 금사슬을 만지작거렸다.

여긴 물이 맑아. 어느 카페의 둥근 등처럼 내 엉덩이가 밝게 비쳐 안심돼. 물을 떠나지 않고 살 수 있었으면. 새야, 난 물을 이불처럼 덮고 있으면 안심이 된단다.

그날 남자는 바닷가 숙소로 자러 가지 않고 하염없이 밤을 봤다. 나는 밤이슬에 추워져 뜨거운 그의 손을 원했지만 그는 자신에게 몰두했다.

……난 또 미친개처럼 어떤 정강이들을 노리고 뛰어다니겠지. 물어뜯겠지. 결딴내고 살점을 삼키겠지. 그는 부르르 떨었다. 달콤한 휴가였어. 달콤한 폭염,

달콤한 모래, 달콤한 물결이었어. 남자는 부엉이처럼 웃으며 내 옆구리에 이마를 박았다.

　오늘 아침, 그가 흰 수트를 입고 마지막으로 물가에 왔다.

　멀리 도로에 차를 세워놓고 걸어와 추레해진 나를 주워 들고 하늘과 물의 경계쯤을 봤다.

　새 주인을 만나렴.

　그는 커다란 손으로 모래를 파고 나를 세웠다. 붉은 발과 깃털이 성근 아랫도리만 구덩이에 담긴 채 오뚝 서있었더니, 내 머리를 세게 눌렀다. 나는 움찔했다. 내 유리 눈알을 문지르며 그가 웃었다. 털을 긁으며 장난치던 때처럼 허물없이. 엎어질 뻔했지만 나는 그대로였다. 그가 한 무릎을 굽혔다. 눈빛이 좀 차가워진 듯했다. 나는 뒷걸음치려 했다. 그 눈빛. 버림받기 직전의, 밟히기 직전의 눈빛에 충격받은 나는 애원하듯 그를 바라봤다. 그가 꽁지를 잡아 날 거꾸로 들고 승용차 쪽으로 흔들었다. 친구인지 동료인지 차 곁에 섰던 남자가 장난 그만 치고 얼른 오라고 소리쳤다. 나는 구덩이에 다시 꽂혔다.

제법 단단한데? 어쭈. 어쭈.

그가 날 꾹꾹 눌렀다. 다리 한쪽이 툭 부러지고 발톱이 꺾였다. 나뭇가지에 헝겊을 감은 허접한 다리가 꺾인 줄도 모르고 그는 몇 번을 더 눌렀다. 철사와 솜을 뭉친 내 몸체가 꼽추처럼 구부러졌다.

나는 구덩이에 겨우 서서 떠나는 그를 봤다. 매일 저녁 물에 불어 하얘진 장딴지를 보이며 숙소로 갔던 그는 이제 도시로 돌아가려고 해변을 떠나고 있었다. 내 새까만 몸뚱이가 순간 크게 부풀었다. 깃털이 곤두선 나는 불타는 눈으로 그의 등을 뚫어져라 봤다. 그가 흠칫 멈춰 섰다. 내 몸의 열기가 뜨겁게 그쪽으로 뻗었다. 걸음을 떼던 그가 다시 멈췄다. 무슨 말을 하려는 듯 팔로 눈부신 허공을 휘젓다 곧바로 몸을 틀었다. 갑자기 방파제 위로 뛰어오른 그는 태엽이 감긴 목각 인형처럼 부자연스러운 걸음걸이로 똑바로 걸어갔다. 그리고 바다로 떨어졌다.

나는 텅 빈 방파제를 보았다.

돌이켜 보면 싸늘한 밤들도 있었다. 별빛 아래 엎드려 있다가 아얏, 하며 물고기가 발가락을 물었다고 짧게 웃던 밤에 남자는 가끔 추워, 추워, 하며 나를 가슴

밑에 끌어다 눕히고 애초에 있을 리 없는 내 온기에 기댔다. 그런 밤, 한기가 몰려와 오소소 떨던 밤에 그의 머릿속으로 얼음 알갱이들이 모였을까. 왜 나를 꾹꾹 누르며 웃었을까. 미친 걸까. 저 날뛰는 세상으로 귀환하려고 미친개가 돼버린 걸까.

쓰러지는 나를 누군가 구덩이에서 꺼낸다.

발로 차서 허공에 날린다. 웃음소리 속에 여러 사람에게 걷어차이며 나는 바다를 보려 애쓴다. 남자와 나는 행복했다. 그는 날 동생처럼 연인처럼 쓰다듬곤 했다. 순간의 증오로 그를 밀어버린 나는 깃을 떨며 운다. 저 떠내려가는 남자에게 날 던져주세요. 난 날지 못합니다. 보면 아시겠지만 나는 날지 못합니다.

한 소년이 날 붙든다. 비치볼이 든 버킷에 쑤셔 넣는다. 깃이 뭉개진 나는 직립해 흔들리며 해변을 떠난다. 인어 남자. 그를 이렇게 떠난다. 그가 어린 날 좋아했던 무엇으로 환생하길. 나는 버킷에 담겨 멀어지며 어떤 사람들처럼 소리 없이 눈물 없이 운다.

한겨울. 소년의 어머니가 옷장 구석에서 날 발견하고 밖에 버린다. 노인이 주워서 버스 정류장 벤치에 앉혀놓고 가고, 작은 여자애가 다가와 노란 플라스틱 안경을 내게 씌우고 재잘재잘 놀다 떠난다. 창백한 청년이 지나가다 날 본다. 집어 들어 백팩에 쑤셔 넣는다.

청년이 햄버거 가게로 들어간다. 주방에서 나온 다른 청년에게 인사하고 앞치마를 두른다. 고기 익는 냄새가 난다.

눈이 빨개 인마. 휴학도 했으니 쉬엄쉬엄해라.

하는 데까지 해야죠. 형도 이렇게 살았잖아요.

난 간당간당 버티다 병났잖아. 치료비가 더 들었다. 대리운전까지 뛴다며? 그만둬.

청년이 백팩을 열다 어리둥절한 표정으로 날 본다. 다시 밀어 넣고 주방으로 간다. 밤새 바닥을 닦고 감자를 튀기다 새벽에 가게를 나선다. 걷다가 해장국집 불빛을 본다. 아버지가 술국을 좋아했지. 아버지는 지난달에 죽었다. 돈만 보내고 가지 않았다. 미워한 시간이 너무 길었다. 다시 불빛을 본다. 배가 고프고 무엇보다 춥다. 그는 해장국집 비뚤어진 방에 들어가 앉는다. 오도카니 앉아 한 그릇을 비우고 무릎 밑에 손을 넣는다. 졸린 눈을 비비며 다시 나가 배달 일을 한다.

밤에 자기 방으로 돌아간 청년은 알람을 맞춰놓고

기절하듯 잔다. 자는 내내 새가 눈을 파먹는 꿈을 꾼
다. 한밤에 깬 그는 몽롱하게 날 본다. 내 이마에 긴 못
을 대고 망치로 벽에 박는다. 세 번의 망치질로 나는
벽에 매달린다. 못이 머리통을 통과할 때 내 촉이 또
깨어나 여름의 인어 남자가 얼핏 보인다. 급류를 탄
인어 남자가 바위 모서리에 부딪혀 머리가 깨진다. 피
를 길게 흘리며 떠내려가다 몸이 뒤집힌 순간 내 비전
이 꺼진다.

새벽에 청년이 벽에 박힌 나를 본다.

주워 오는 게 아니었어. 청년은 못째 나를 뽑아 들
고 나간다. 헌 옷 수거함에 내 대가리를 밀어 넣다 인
기척이 들려 땅에 버린다. 밤색 코트를 입은 여자가
걸어온다. 여자를 스쳐 지나갈 때 청년의 귀에 쿵, 쿵,
불길한 발소리가 들린다. 달려가던 청년은 골목 끝에
드리운 거대한 그림자를 보고 놀란다.

새와 여자

땅콩껍질을 주먹으로 깨트린 여자가 알갱이를 골
라 먹는다. 배불리 삼킨 뒤 손을 치마에 닦고 검은 새

의 이마에서 긴 못을 뺀다. 눌린 머리통을 문질러 못 자국을 지운다. 어른 팔뚝보다 큰 새는 노란 플라스틱 안경을 부리에 걸치고 두 발을 벌리고 있다.

붓펜으로 깃털이 빠져 휑한 곳들을 칠한다. 천을 잘라 부러진 한쪽 다리에 감는다. 고개를 잔뜩 수그리고 실과 접착제로 공들여 묶는다. 손질을 끝내고 보니 새의 한쪽 다리는 길고 한쪽은 짧다.

여자는 친정 엄마가 다니던 절에 다녀오다 골목에서 새를 주웠다. 흰 구슬에 검은 점이 박힌 반짝이는 눈알이 여자를 사로잡았다. 여자는 불구가 된 새의 다리를 고루 문지른다.

소형 블루투스 스피커를 켜고 색실을 꼰다. 손바닥으로 비벼 2m 넘게 끈을 만들어 스피커를 새의 배에 묶는다. 남은 끈은 양쪽 날개 밑으로 느슨하게 엮어서 천장의 갓등에 새를 매단다.

겨드랑이에 끈이 걸린 새는 공중에서 스피커를 안고 여자의 머리털을 내려다본다. 언젠가 사막에서 봤던 늙은 뱀의 정수리 터럭처럼 푸석하다. 여행자의 배낭에서 떨어져 혼자 뒹군 곳. 대지를 휩쓰는 바람에 며칠씩 굴러다닌 곳. 꽃잎과 모래를 품고 회오리쳐 오던 무거운 열풍이 새는 문득 그립고, 새를 바라보는 여자는 떠난 남편이 문득 그립다.

거실 바닥에 누워 여자가 탱고를 듣는다. 작은 아파트는 낡고 가구가 없다. 여자는 서른다섯쯤, 연갈색 조그만 얼굴에 눈코입이 예쁘지만 눈동자에 초점이 없고 피부가 거칠다. 새는 이제 여자만 뚫어지게 본다.

밤. 여자가 침대 곁의 커튼을 젖힌다.

하늘 가득한 구름 사이로 푸른 실금이 뚫리고 있다. 느린 구름들이 바윗덩이와 거인의 모습들로 바뀐다.

무서워.

여자가 돌아누우며 팔을 뻗다 남편의 부재를 깨닫는다. 무서워. 검푸르게 뚫려가는 구름의 틈새가 크레바스처럼 깊다.

여자가 일어선다. 새를 올려다본다. 그제야 새의 발톱 한 개가 뽑힌 걸 발견한다. 제 손톱 하나를 뽑아 붙이면 딱이겠다고 생각하며 여자는 티슈 상자를 잘라 발톱을 만들어 붙여주고 또 올려다본다. 새도 여자를 본다. 인어 남자도 청년도 잊히고 지금은 오로지 여자만 본다. 말하는 뱀들, 떠도는 산들, 지저귀는 소녀와 추잡한 늙은이들의 기억도 잊힌다. 이 여자는 맑다. 이 여자는 작다. 여자는 발을 이상하게 꼬아 늪고 일어난다. 밤새 안 잔다. 두세 번 땅콩을 주먹으로 깨 알갱이를 골라 먹는다. 여자의 입속이 붉다. 아름답다, 고 새는 생각한다. 여자에게 푹 빠진다. 사랑이란 입에 독을 무는 짓이라고 어느 현자가 말했다. 어리석다. 닿을락 말락 하는 게 어떤 고통인지 현자 따위가 알 리 없다. 제대로 된 목숨에 닿을락 말락 하려는 안간힘과, 끝내 인공의 깃과 유리 눈알로 흩어져 사라질 거라는 공포의 차이를 알 리 없다. 닿을락 말락. 이를테면 죽기 살기. 새는 면밀히 여자를 읽는다. 여자도 새를 본다.

여자가 해쓱한 얼굴로 밖을 본다.

친정 엄마는 1년 전에 혼자 살던 집을 나갔다.

조기 치매 진단을 받은 상태여서 비명횡사할까 봐 여자는 경찰에 신고하고 찾아다녔다. 남편도 사방으로 뛰어다녔다. 그러다 남편은 비밀 하나를 알게 됐다.

남편은 당황했다. 여자의 엄마가 40년 가까이 정희, 라는 여자를 사랑해온 게 들통나서였다. 오랜 거짓. 결혼과 출산 중에도 그 여자와 만나온 끈질긴 관계에 그냥 친구로만 알고 있던 남편은 기함했다. 몇 달을 애쓰다 남편이 진저리 치며 말했다. 난 영화에서 그런 게 나와도 싫었어. 이상할 정도로 불결했고 그들의 밤이 상상돼 불편했어. 남편은 여자를 똑바로 보지 못했다.

어쩔 수 없어. 마음과 몸이 당신에게 가질 못해. 우리 아이를 낳으면 그 피가 따라갈까?

말도 안 돼요. 그런 게 어딨어. 맘에 걸린다면 내가 피임할게.

널 믿을 수 있을까? 난 모호한 문제 해결은 못 견뎌. 무엇보다 잊히지가 않아.

남편은 떠났다. 여자는 직장을 쉬고 다시 엄마를 찾아 나섰다. 갔던 곳에 또 가고 엄마가 도착할 만한 곳에서 기다렸다. 엄마는 발견되는 대신 여자의 가슴속을 실루엣으로 걸어 다녔다.

대낮. 여자가 웅크려 잔다. 겨울 하늘이 낮다.

여자가 벌떡 일어난다. 허리를 틀고 목을 꼰다. 멍한 눈으로 우왕좌왕하다 음악을 켜고 위태롭게 다리를 꺾는다. 끙끙거리다 춤을 춘다. 머리를 흔들고 두 팔을 휘저으며 숨도 안 쉬고 뛴다. 인터폰이 울리고 이웃이 항의한다. 다음 날도 다음 날도 부스스 깨어 뛴다. 땀을 뿌리며 쉬지 않고 돌다 팔다리가 엇갈려 벽에 부딪친다.

놀란 새가 스피커를 꽉 안는다. 인어 남자. 은황사 뒤뜰에 새를 앉혀놓고 싶다던 인어 남자처럼 새도 여자를 따뜻한 남쪽으로 데려가 그 뒤뜰에 앉혀주고 싶다. 주먹을 꼭 쥐고 춤추던 여자가 뛰어오르다 구석에 쓰러진다.

끈을 풀어 스피커를 떼어내고 여자가 검은 새만 에코백에 담는다. 눈 쌓인 밤길로 나간다. 작은 가게들의 불빛이 보얗다. 40분쯤 걷는다. 엄마는 평생 건물을 사고팔아 큰돈을 벌었다. 늘 사람을 부려 시중들게 했고 옷과 구두를 수없이 사들여 치장했다. 혼자 살던 집은 크고 사치스러웠다.

여자가 추위서 바들바들 떤다. 남편이 보고 싶다. 엄마가 오면 삶이 수습될까. 작은 은귀걸이가 찰랑거린다. 남편은 이걸 달아주고 그녀의 머리를 쓰다듬고는 머뭇거리다 집을 나갔다.

건물 4층에 불이 켜져있다.

여자가 올라가 휑한 사무실과 정희씨와 쌓인 책들을 둘러본다. 여자를 발견한 정희씨가 한숨 쉬고 자기 집으로 데려간다. 나무 그림자가 거실에 가득하다. 정희씨가 침대 아래 요를 편다.

그냥 자. 날 뜯어본다고 엄마가 돌아오니?

여자가 선 채 정희씨를 본다.

나도 못 찾았어. 흔적 하나 없어. 정희씨가 마른손을 비빈다.

네 엄만 똘똘했지. 예뻤어. 엉뚱한 일로 돈도 잘 벌었지. 그렇게 실컷 살았으니 됐잖어. 중얼거리다 씻고 나와 늙은 얼굴에 로션을 바른다.

널 보니 당이 땡겨. 정희씨가 조각 케이크를 꺼내놓고 앙상한 여자를 수심에 차 바라본다.

네 엄마는 아무래도 바다로 간 것 같다. 갔다면 빠져 죽었을 거야.

......

죽었든 살았든 나는 계속 사랑하겠지만, 넌 그만 포기해.

여자가 허공을 본다.

치매기가 있대도 기억을 다 잃은 건 아닐 거야. 돌

아오고 싶지 않은 거지.

정희씨가 술병을 들고 온다.

경찰도 흥신소도 못 찾으면 실종된 게 아니지. 실종 아냐. 네 엄만 아무도 못 찾게 교묘하게 죽었을걸. 정희씨 목소리가 떨린다. 니 엄만 늘 갈팡질팡했어. 욕심이 많아 그렇다고 난 핀잔 줬지. 그랬어도 더없이 좋아했어. 돈에 야무진 것만 빼고 머리끝부터 발끝까지.

여자의 눈빛이 허공을 헤맨다.

우린 대학 때 만나 첫날부터 같이 살았어. 둘 다 이전에 한 번도 여자를 좋아한 적 없는데 보자마자 눈을 못 뗐어. 우리가 무슨 짓 하는지도 모른 채 서로를 안았거든. 정희씨가 단숨에 술을 마신다.

줄기차게 사랑했어.

끅. 여자에게서 숨이 꺾이는 소리가 난다. 정희씨가 흘끗 보고 입술을 깨문다.

결혼하더구나. 널 낳고 다시 내게 왔어. 딱 3주 머물고 가더라. 네 아빤 엄마를 그림자로 대했지. 말도 안 섞고 때리지도 헤어지도 않았어. 엄마가 가끔 밤중에 날 찾아왔었다. 지랄 같더라.

끈질긴 목소리가 여자는 힘들다.

마음에 없는 유학을 떠나 10년 만에 돌아왔어, 피토할 시간이었지.

거기서 결혼했잖아요. 딴 여자랑.

그랬지. 나도 몸부림은 쳐봐야 하지 않겠니? 그런데 그렇게 열심히 헤어졌지만 못 잊었어. 그렇게 열심히 헤어지는 게 옳니?

저는요,

넌 엄마도 잃고 아빠도 남편도 잃었지. 나 땜에. 우리 땜에.

정희씨도 허공을 본다. 여자가 어른이 되어 연애를 시작했을 때, 엄마는 정희씨와 마지막으로 결별했다. 그 뒤론 쭉 혼자 살다 실종됐다.

안 돌아올 거야. 잊어 제발. 사람은 그래. 툭 끊어지는 지점이 있어, 근데…… 저건 뭐냐?

에코백에서 머리통만 내놓고 둘을 빤히 보는 검은 새를 가리킨다.

주웠어. 비쩍 말랐었는데 혼자 조금씩 자라요.

눈빛이 안 좋아. 버려. 재수 옴 붙는 눈깔이야.

정희씨가 가방에서 책을 꺼낸다. 얼굴이 어깨에 바

짝 붙은 여자가 물 위에 앉아있는 그림을 펼친다. 입이 큰 물고기에게 그림 속 여자가 꽃을 먹이고 있다.

더미북이야. 퇴직 전 내 마지막 그림책. 네 엄마는 바다에서 이러고 있을 거다. 틀림없어.

정희씨가 떨리는 손가락을 글에 얹고 읽는다.

……한 여자가 꽃을 들고 늙은 시간 속으로 들어갔다.
바다를 만나 치마를 흔들며 물고기를 불렀다.
"내 눈알은 밝고 잉걸불처럼 뜨겁지. 가까이 오렴."

잉걸불은, 정희씨가 설명하려다 그냥 읽는다.

멀리서 물고기가 나타나 여자를 비웃었다.
"넌 시간 저편에서 왔으니 되돌아갈 수 없단다. 내 먹이가 되렴."
여자가 두 팔을 흔드니 물고기 위로 꽃이 우수수 떨어졌다.
"내 깃은 커서 못 가는 곳이 없어 아가리 붉은 물고기야. 천 년에 한 번이나 꽃을 먹을 수 있을까? 썩지 않으려거든 삼키렴, 못된 물고기."
물고기가 쿨럭쿨럭 웃자 꽃들이 쿨럭쿨럭 주둥이로 들어갔고 여자 손에서는 계속 새 꽃이 솟았다.
물과 하늘이 꿈틀.

여자가 찡그린다. 정희씨가 가만히 본다.

그래. 니 엄마 글은 허황돼. 거짓이지. 하지만 아름다워. 난 이걸 읽어야 네 엄마의 부재를 견딘단다. 미안하다.

정희씨가 얼굴을 가리고 침대에 오른다.

다신 오지 마.

오지 마. 가린 손에서 더미북이 떨어진다. 펼쳐진 페이지에 꽃이 무성하다.

……시간 속으로 들어가 물고기에게 꽃을 먹인 여자는 이후로도 여러 번 바다를 찾았다. 물고기야 물고기야, 내 눈은 잉걸불처럼 붉고 날개는 길어 못 가는 곳이 없지. 내게 오렴. 물고기는 늙고 지쳐 그녀에게로 빠르게 오지 못했다. 역시 늙고 지친 여자가 한 아름 꽃을 물속에 밀어 넣고 물고기가 다가오자 등에 올라탔다. 팔다리에서 돋아난 꽃들을 부지런히 먹이며 그녀는 여태 시간 속에 머물러있다…….

여자가 자정 넘은 밤길로 나선다. 걷다 건물 벽을 짚는다. 길은 하얗고 하늘은 캄캄하다.

그래서, 바다에서, 죽었어?

새를 안고 위태롭게 걷는다. 여자가 아이였을 때도 엄마는 가끔 사라졌다. 정희씨를 찾아가도 엄마는 거기 없었다. 여자가 울면 정희씨는 아무 책이나 들고 읽다 엄마가 쓴 짧은 글들을 보여줬다. 이것들은 명백한 거짓말이라는 듯 생글생글 웃으며. 여자가 찬 바람에 발을 멈춘다.

엄마.

여자의 목줄이 선다.

여태 시간의 문틈에 끼어있다면, 그냥 죽어요.

눈길을 다시 걷는다.

난 물 위에선 못 자. 그니까 엄마가 와. 와서 이제 정희씨랑 살아. 난 엄마를 지우고 싶어. 이대론 안 돼요. 내게 이렇게 또 나쁜 짓 하면 벌받아.

여자는 아파트에 도착해 화단의 눈을 뭉친다. 집에 들어가 창턱에 눈사람을 올려놓는다. 검은 새도 탁자에 놓는다.

얘는 한쪽 발을 절어요. 한 발은 점점 커지고 한 발은 작아져. 장난감치곤 몸집이 크지만 난 어디든 갖고 다녀.

탁자를 톡톡 두드리다 코트를 벗고 채소를 꺼낸다.

냉동된 고깃덩이를 썰다 검지를 깊이 벤다. 피가 돋는
다. 휴지로 돌돌 말고 머그잔에 물을 따른다. 새로 밴
피가 휴지를 적신다. 여자는 거실로 나오다 뚝뚝 떨어
지는 핏물을 무심코 새의 등에 닦는다. 새가 움찔한다.
여자는 그대로 서서 휴지를 풀고 손가락을 들여다본
다. 피가 계속 돋는다. 여자가 새의 깃털에 또 피를 닦
는다.

　여자가 춤춘다. 소리 없이 춘다.
　새는 피를 견딘다. 깃에 말라붙은 피의 냄새와 불
결한 색깔. 밤새 견디느라 털은 까칠하고 도톰했던 사
타구니가 홀쭉하다. 난 얼마나 더 세상을 떠돌며 어떤
애증을 견딜까. 새는 서걱서걱 일어서는 것들을 누른
다. 끈적한 피를 깃털에 묻힌, 그래서 빠져나간 생명체
들의 혼이 검은 새에 이미 무수히 깃들어 있다. 새는
견딘다. 무엇도 더 해치고 싶지 않아 새의 눈에 고통
이 서린다.
　눈사람이 녹는다. 사람들이 일터와 학교로 나가 단
지 안이 조용하다. 쓸쓸한 얼굴로 여자가 비틀댄다. 숨
쉬지 않아 얼굴이 부푼다.

갓등에 매달린 새도 눈사람처럼 사라지고 싶지만, 여자가 또 춤추면 심장인 양 스피커를 안고 여자를 지켜본다. 냄새가 멈췄으면. 굳은 피딱지가 떨어져 나갔으면. 새는 견딘다.

여자가 커튼을 젖힌다. 하늘을 보며 어깨를 떤다. 거두어지지 않는 안쓰러움에 새는 속이 탄다. 여자의 목을 본다. 만지고 싶고 조르고 싶다.

여자가 서성인다.

새는 지켜본다.

오래오래 본다.

그런 뒤 깃을 흔들어 부리에 걸린 노란 안경을 털어 낸다.

여자가 밥통을 안는다. 먹고 또 먹는다. 선 채 물 마시고 밥을 삼키고 물을 마시고 밥을 삼키다 리듬을 놓친다. 식도에 음식이 가득 차도록 멈추지 않던 여자가 주먹으로 가슴을 친다. 입술이 파래지며 손이 툭 떨어진다. 밥이 가득 든 입을 구멍처럼 벌린 여자가 뒤돌아본다.

여자가 얼굴을 돌릴 때 한 벽을 가리며 거대한 그림

자가 지나간다. 그림자의 날카로운 부리가 여자의 가느다란 목을 스칠 때 무거운 소리가 집을 흔든다. 쿵, 쿵, 한 발을 절룩이는 단호한 발소리.

사
소
한

개
소
리

토굴에 도착했을 때 새벽 산은 고요했다. 그는 몸을 숙여 바위 뒤쪽의 구멍으로 들어갔다. 어둠 속에서 등받이 없는 멍텅구리 의자를 집어 들고 흙바닥에서 책도 쥐었다. 토굴 밖으로 나와 의자를 내려놓고 주위를 살폈다. 눈 아래 멀리 빌라 두 동이 숲에 잠겨있었다. 그는 러닝화의 먼지를 털고 책을 펴 눈 닿은 곳부터 읽어나갔다.

아침이 되도록 읽었다. 주머니에서 캔커피를 꺼내는데 차 소리가 들렸다.

"저 봐. 사람이 있더라니까." 남자 둘이 그에게 걸어왔다.

"여기 사유지인데 노숙하는 거 아니죠? 하긴 내가

뒤져봤었는데 개구멍 같은 곳에 별 물건도 없더라고. 냄새만 지독해."

다른 남자가 바위 뒤로 머리를 디밀고 토굴 안을 살폈다.

"와, 나 이거 알아. 나도 이런 비밀 장소 있었거든. 만화책 갖다 놓고 혼자 게임도 하고 좋았지."

어른이 돼서도 이런 짓 하는 사람이 있구나. 남자가 웃더니 정색했다.

"땅 주인이 여기다 건물을 지어요. 다음 주부터 산 깎는 작업이 시작되는데 이쪽부터 발파하거든요. 출입 금지라고요. 헌데 몇 번이나 왔으면서 난 왜 당신을 못 봤지?"

그는 말없이 의자를 들었다. 토굴로 들어가 후디를 벗어 한구석에 펼치고 정성껏 주름을 편 뒤 한참 내려다봤다. 그리고 책과 의자와 비옷만 뭉뚱그려 들고 그곳을 떠났다.

목인이다!

그의 호흡이 빨라졌다. 저만치 앞에서 다리가 긴 나이 든 남자가 걷고 있었다. 등이 얇고 늘어뜨린 한 손이 눈에 띄게 컸다. 다른 손엔 더플백이 들려있었다. 그는 곧바로 뒤따랐다. 따라가던 도중에 저 남자가 그가 아는 목인이 아니고 조금 비슷할 뿐이라는 걸 깨달았지만 멈추지 않았다. 남자는 교차로를 건너 맞은편 버스 정류장에 서있다 떠났다. 지켜보던 그는 들고 있던 의자를 추스르고 왔던 길로 되돌아갔다.

목인은 성큼성큼 걸었다. 큰 키가 어디서나 눈에 띄었다.

목인이 걷는다. 손에 꽃가지 들렸다.

각진 이마 두터운 손 나무의 결 같은 손금.

시애가 달려간다. 목인을 따라가는 그녀 손은 비었다. 빈손으로 목인의 두꺼운 손을 잡으러 간다.

목인의 눈은 가늘다. 눈시울은 길다. 돌아보는 목인의 목소리는 없고 꽃가지가 시애 손으로 건너간다. 시애가 웃는다. 둘은 나란히 한집으로 들어간다. 둘은 그렇게 함께 살게 되지만,

목인은 밥을 먹지 않는다.

자지 않는다. 사랑하지도 눈을 들지도 않는다. 오로지 나무. 언제나 비슷비슷한 나무토막을 쓰다듬고 속

삭인다. 시애는 속이 타 뜨거운 손으로 목인의 목을 쓸지만 목인은 뿌리친다. 목인의 눈은 한곳만 본다. 나무. 나무토막. 토막 난 나무의 가슴과 배. 배와 발치와 이마께.

시애야. 어느 날 문 뒤에서 부르는 소리가 들린다.

시애야, 그만 나와. 그 방에서 나와.

문밖에 선 사람은 그녀를 사랑하는 남자. 그녀도 마주 사랑했던, 한 몸처럼 이치와 감정이 서로 닮았던 남자, 그가 시애를 방 밖으로 부른다.

시애는 목인을 본다. 방 가운데 돌처럼 앉은 목인. 시애는 그의 눈이 자기에게 닿기를 몇 날 며칠 기다린다. 목인은 긴 눈을 들지 않고 나무토막을 자귀로 켠다. 나무의 속살은 따뜻한 색. 물을 많이 타고 뜨겁게 데운 커피에 우유를 듬뿍 넣어 저은 색. 밝은색. 눕고 싶은 색.

문밖에서 며칠 부르던 소리가 끊긴다. 그녀를 부르던 남자가 떠난다. 시애는 목인을 돌아보고 방을 나서려다 또 돌아본다. 백 일쯤 기다렸다 또 돌아본다. 그리고 울면서 방을 떠난다. 목인을 떠난다. 목인이 준 꽃가지를 버리고.

*

　그가 숙소 방문을 열자 방씨가 찌푸리며 올려다봤
다. 그는 들고 있던 의자를 내려놓지 못하고 우물쭈물
다시 밖으로 가지고 나갔다. 용의 집으로 갔다. 스페어
키로 따고 들어간 용의 방에 의자를 놓고 피곤이 몰려
와 저녁잠을 잤다.

　무엇이 짖었다. 아랑곳 않고 계속 자려니 맹렬하게
짖었다. 귀를 때려 부술 듯 사력을 다해 짖었다. 그는
눈을 떴다. 완전히 깨어서 의자를 봤다. 작은 의자였
다. 한 덩이의 나무를 쪼아 만든 난쟁이 똥자루 같은
세 발 의자. 그는 좁은 베란다에 의자를 내놓고 유리
문을 닫았다. 발가벗겨 쫓겨난 애처럼 의자가 구석의
그늘에 담겼다.

　그는 오래 걸었다. 밥을 사 먹고 영화를 봤다. 피로
도 없는데 가슴뼈가 결렸다. 자정 넘어 그는 한 포장
마차 앞에서 멈췄다. 밖에 내걸린 주황색 호박등이 방
수 천막을 붉게 비췄다. 빛은 갈라진 출입구로도 들어
가 실내의 시멘트 바닥을 물들였다.

　"웬일이냐?"

물오징어를 따던 용이 우동을 말아줬다. 국수 가락을 건지며 그는 방수포 벽에 붙은 종이를 쳐다봤다.

더펄머리 사내 詩集 위에 잠들어 국물 졸이고
객 홀로 소주잔에 별 쏟는 소리

"또 하나 샀어."

용이 휴지를 풀어 이마를 닦았다.

"제목이 새벽 포차래. 만오천 원이나 줬는데, 좋지?"

그는 끄덕이고 우동 국물을 마셨다.

"생긴 건 거지 같은데 잘 쓴단 말이지. 시 한 개랑 밥 한 끼랑 바꾸자면 질색해. 꼭 돈으로 쳐달래."

용이 담배 피우러 나간 사이 그는 새로 온 손님에게 물을 갖다주고 주문을 받았다. 용이 돌아와서 계란물을 풀었다.

"휴가 냈어."

그가 말했다.

"휴가 안 주는 곳이라며. 왜?"

"그만두겠다니까 사흘 줬어."

"그니까, 왜?"

그가 물끄러미 벽만 보자 용이 술과 안주를 손님 테이블에 내주고 돌아와 토치로 연어 조각을 그을렸다.

"네 방에 의자 갖다 놨다. 어머니께 버리지 말라고 해줘."

"뭔 의자?"

"작아. 버리지 마."

구석에서 손님 둘이 잔을 부딪치며 웃었다. 웃음소리가 포차 안의 조도를 높였다.

"휴가 받았으면 방부터 구해라. 모르는 아저씨랑 작업장 합숙이 할 짓이냐? 때려치우고 제자리로 돌아가든지."

용이 쏘아보며 그에게 구운 연어를 밀어줬다. 술 반병을 마시고 그는 포차를 나섰다. 색이 빠져가는 하늘에 별이 박혀있었다. 늘어선 포차들이 바람에 펄럭였다.

"보고 싶다."

그는 중얼거렸다.

"그렇게 없애버릴 목숨 날 주지. 일 년만 내게 주지, 시애야."

방씨가 콜록거렸다. 감기라며 어둠 속에서 부스럭
거려 알약을 씹었다. 그는 방씨에게 좀 더 자리를 내
주고 돌아누웠다. 방씨의 기침 사이사이 귀를 기울였
다. 몽둥이로 개 치는 소리가 들렸다. 살아있는 짐승의
살가죽에 부딪치는 찰진 소리.

방씨가 잠들고 그는 기울였던 귀를 닫았다. 밤의 토
굴에 누워있는 듯한 착각이 들었다. 굴속에서 의자는
늘 그의 곁에 있었다. 굴 밖에서는 깔고 앉아 벽돌처
럼 두꺼운 책을 눈으로 훑었다. 의자는 조용했다.

그냥 두고 올걸. 토굴이 무너지면 함께 묻힐 텐데.

어둠 속에 시애의 동그란 등판이 보였다. 그는 팔짱
을 낀 채 목을 깊이 꺾었다.

경사지 계단을 다 올라 뒤돌아봤다. 시애가 살던 원
룸텔이 내려다보였다. 3층 끝방을 지켜보는데 옥상에
물통을 든 노인이 올라왔다. 맨손 운동을 하고 화분에
서 마른 것들을 뽑아내느라 시간이 흘렀다.

시애 물건들은 어떻게 됐을까.

목인을 떠난 뒤에 시애는 저 방으로 돌아오지 않았

다. 시골로 내려가 친할머니 집에서 많이 아팠다. 그는 찾아가지 않았다. 대신 돈을 보냈다. 머릿속이 하얘져서 가진 것을 다 보내고도 안절부절못했다. 마음이 쓰여 속이 탔지만 내려가지 않았다. 9개월 전이었다.

"여기 2층엔 엄청난 학생이 살아. 스노우맨처럼 뚱뚱한데 목소리는 개미 같아. 여장을 잘한대."

시애 목소리. 시애는 그런 걸 좋아했다. 약간 틀어진 것. 석연찮아 눈길을 끄는 것. 어딘가에 작고 또렷한 방점이 찍힌 것들.

바람결에 지독한 카레 냄새가 났다. 그는 큰길로 내려갔다. 시애의 방은 더 보이지 않았다.

시애는 목숨을 내놓을 만큼 목인에 집착했지만 목인은 귀퉁이가 부서진 사람이었다. 이를테면 수많은 여자를 데리고 살다 차례차례 버렸고 남자도 품었다가 이내 버렸다. 집짐승도 그의 방으로 들어가 앓는 소리를 냈다. 모두 짧게 파고들고 버릴 때 가혹했다. 오직 나무. 여자와 남자와 짐승 사이에서 그가 두터운 손으로 공들여 쪼개고 만진 건 오로지 나무.

*

    역에 도착해 그는 휴대폰을 켰다. 서른한 살의 시애가 보낸 마지막 사진을 봤다. 환하게 웃는 얼굴을 오래 봤다. 그런 뒤 목인의 이름을 검색해 뉴스와 기타 등등을 뒤졌지만 어디에도 목인의 기척은 없었다.

    아득한 강을 보며 그는 기차에 실려 갔다. 터널로 들어섰을 때 그는 흠칫 놀랐다. 차창에 비친 그의 얼굴 곁에 또 다른 얼굴이 붙어있었다. 돌아보니 중년 남자가 곁에 앉아 그의 어깨에 턱을 괴다시피 하고 같은 창을 보고 있었다. 남자는 유리에 비친 자기 코를 긁었다. 잇몸을 드러내 웃으면서 그에게 탄산수를 내밀었다. 그는 받지 않았다.

    "독 탔을깨비?"

    남자는 기분이 상한다는 듯 단숨에 들이켜고 발아래 빈 캔을 버렸다. 그는 눈을 감고 자는 척했다. 남자가 입김을 가까이 뿜으며 "눈꺼풀이 파르르 떨리는 거 봉께로 안 자는구만" 하면서 얘기를 시작했다.

    "말이 하고 싶어 죽겠어서 그려. 들어봐이?"

    남자의 얘기는 허름했다. 끝내기 아까운지 같은 말

을 되풀이했다. 주둥이를 갈기고 싶었다. 남자는 외국
에서 막일하다 어제 돌아왔다고 했다. 그의 눈꺼풀이
또 파르르 떨렸는지 남자가 쿡쿡 웃었다.

"이런 구라는 쌍팔년도식이제? 난 비행기를 타본
적이 없어. 그냥 말이 고파서 그려."

그는 눈을 뜨고 남자를 봤다. 창밖으로 눈부신 바깥
이 흘러가고 있었다.

역사를 나와 광장 벤치에 앉았다. 좀체 더 가고 싶
지 않았다. 시애 할머니를 보고 싶지 않았다. 며칠 전
에 전화가 왔을 때 그는 바쁘다고 거부했지만 시애 할
머니는 물러서지 않았다.

광장을 보며 그는 태풍 치는 날이면 쪼그리고 앉아
서 밖을 내다보던 토굴을 생각했다. 시간을 받아주던
벽돌 같은 책도 생각났다. 그리고 뼈.

거의 3시였다. 그는 시내버스를 찾아 나섰다. 복잡
한 길에 광고물이 즐비했다. 용을 따라 물건을 떼러
갔던 성남의 모란시장과 비슷했다. 비슷하지만 큰길
뒤로는 쌍팔년식 집들과 나무들, 깃대를 올린 무속집
이 있었다. 그는 빠르게 지나치다 나부끼는 깃발을 올

려다봤다.

시애야.

부르는 소리에 뒤꼍에 숨었던 어린 여자애가 눈물
이 가득한 눈으로 대문 밖으로 달아났다. 외할머니 제
사에 어머니를 따라갔던 날인데, 그때 시애를 처음 봤
다. 외숙모의 조카인 시애 엄마가 며칠만 봐달라고 맡
기고 간 뒤 소식이 없다고 했다. 부엌에서 음식을 만
들며 사정을 들은 그의 어머니가 아이가 보일 때마다
불러서 뭘 먹이려 했지만 그 애는 도망만 쳤다. 제를
올리고 음복한 뒤 잠자리에 들도록 그는 여자애를 눈
으로 좇았다.

비좁은 방에서 이불을 쓰고 잠을 기다릴 때, 어머니
건너 쪽에서 그 애가 잠꼬대하다 제 엄마를 찾아 흐느
꼈다. 아이 몸에 어른이 된 후의 낌새가 비쳤던 걸 모
르고 자꾸 고개를 들어 그 애를 살피느라 잠을 놓친
그는 이불을 젖히고 방 밖으로 나갔다 돌아왔는데, 어
머니는 없고 여자애가 검은 눈으로 그의 눈을 들여다
보느라 코와 코가 맞닿았다. 그의 눈은 어리고 깊이가
없어 여자애가 가져갈 건 없었고, 실망한 그 애가 벽

에 기대 칭얼대자 쥐 울음소리 같아 듣기 싫었던 그는 다시 나가 돌아오지 않았다. 어머니도 돌아오지 않았고 아이도 돌아오지 않았고 그 아이 엄마도 돌아오지 않아서 틈으로 사라진 사람들은 그 밤에 다시 볼 수 없었다.

행선지를 확인하고 시내버스에 올랐다. 한참 달리는데 웬 여자가 앞을 가로막고 버스를 세웠다. 여자는 계단을 오르다 뒤로 미끄러졌다. 다시 기어오른 여자는 자리에 앉아 병원에 오가는 길이 얼마나 지난한지, 도가니가 얼마나 시큰거리는지 설명했다. 승객들이 끄덕이며 말을 섞자 기사가 조용히 갑시다, 외쳤다. 뭐라 말할 수 없는 냄새가 버스 안에 고여있었다.

다른 동네로 들어서는데 흰옷 입은 학생이 걸어가고 있었다. 무심히 지켜보던 그는 티브이의 어떤 영화 장면을 떠올렸다. 호수 안에 집들이 잠겨있고 한가운데 교회가 있었다. 정부 정책으로 수몰된 마을이었는데 깊은 바닥에서 간헐적으로 물이 솟구치면 물살이 교회의 첨탑에 걸린 종을 흔들어 맑은 종소리가 호수 밖으로 퍼졌다.

버스가 다시 달렸다. 가냘픈 종소리가 개 치는 소리로 바뀌었다. 소리는 개의 울부짖음으로 변해 그의 귀를 씹어 먹듯 커졌다. 잠 속에서만 들렸던 소리가 한낮의 버스 안에서 그를 난타했다.

"……거기 언덕에 나무가 있어. 살아있는 개를 가지에 매달고 남자들이 몽둥이로 때려. 개가 컹컹 울지. 두세 마리를 한꺼번에 매달아 내려치기도 했어. 울부짖는 소리가 시작되면 사람들은 창을 닫아. 대문을 걸고 밥도 안 먹고 기다려. 해가 지도록 두들기기도 했거든. 남자들은 힘이 남아돌았어. 교대로 팼으니까. 목맨 밧줄이 끊겨 절룩이며 달아나다 붙잡히기도 했고 화가 난 남자들 손에 목이 꺾이는 것도 봤어. 살아있는 개를, 무게를 늘리고 맛을 좋게 한다고 개를……."

시애는 그를 빤히 봤다. 술에 취하면 기어코 꺼내고 말던 기억이었다. 상상조차 힘들어 그는 시애를 마주보며 흘려들었다. 그랬던 개 울음이 그의 잠 속으로 들어온 건 시애가 그에게 의자를 남겨준 날부터였다.

그는 마을버스로 갈아탔다. 차창 밖의 어느 기와집

하나가 옛 외숙모네 집과 비슷했다. 초등학교 4학년까지 어머니를 따라 제사에 다닌 듯했다. 외숙모가 시애를 시애의 친할머니에게 데려다줬던 얘기도 그때 들었었다. 결혼도 안 한 여자가 낳은 앤데 누구 자식인지 어찌 아느냐던 할머니가 숨도 안 쉬고 죽을 것처럼 울어대는 아이의 뺨을 때려 조용히 시키고 찬찬히 얼굴을 뜯어본 뒤, 그 애는 방에 넣고 외숙모는 대문 밖으로 내보냈다고 했다. 할머니 성깔이 사나워 시애를 때려가며 잡는다고도 했다.

중학생 때 시애를 다시 봤는데 그 애는 자주 웃었다. 처음엔 못 알아봤고, 무슨 얘기를 나눴는지 기억에 없었다. 십여 년 뒤 지방에서 직장에 다니던 시애가 서울로 올라왔을 때, 오목조목 귀여웠던 얼굴이 바뀌어 있었다. 검은 얼굴에 눈매가 사나웠다.

마을버스가 쿨렁거렸다. 그는 피곤했다.

목인은 지금쯤 썩었을까.

버스는 식당과 마을회관 앞을 지났다. 차려입은 사람들이 웃고 있었다.

목인은 썩었을까. 아니 그보다 목인은 정말 죽었을까.

*

과연 축대가 있었다. 시애가 말한 것보다 높았다. 동네 앞에 널따란 길이 펼쳐졌는데 한쪽에만 집들이 모여있고 맞은편은 반듯하게 잘려서 축대가 받치고 있었다. 축대 저 밑에 깊이 파인 돌밭이 보였다. 거기서 경사를 따라 보일락 말락 하찮은 길이 흘러내려 바닥의 농가에 닿았고, 농가 뒤에서 땅이 다시 높아져 언덕 하나가 솟아있었다. 고함치면 들릴 거리로 이쪽 동네를 정면으로 마주 보고 있었다.

그 언덕 등성이에 교회가 있었다. 시애에게서 들은 적 없는데 희고 작았다. 그는 오후의 햇살을 받고 있는 언덕을 뚫어져라 건너다봤다. 교회를 뺀 나머지 땅을 풀과 채소가 덮고 있었다.

뒤에서 소리가 들렸다. 봄버 재킷을 걸친 남자가 곁으로 왔다. 조금 전 슈퍼에서 물건을 팔던 남자였는데 그에게 봉지 비스킷을 내밀었다. 언제건 어디서건 그에게 먹을 것을 주는 사람들이 있었다. 그로선 미스터리였는데 누가 뭘 주면 그는 고개를 저었다. 남자는 부스러기를 털면서 비스킷을 먹었다.

"큰 나무가 있던 자리에 교회가 섰네요?" 그가 물었다.

"어떻게 알아요? 오래전에 베었는데, 봤어요?"

"들었어요."

"……개 잡던 얘기도 들었어요?"

"네."

"누구한테?"

대답이 없는 그를 과자 든 남자가 유심히 봤다.

"불과 십여 년 전인데 그런 무도한 일이 있었죠. 하긴 지금도 어디서는 계속 때려잡고 있겠지. 개국에 환장한 사람들 많으니까."

슈퍼에서 누가 불렀다. 남자가 자리를 떴다.

생각보다 언덕이 가까웠다. 이 정도 거리에서 그런 일이 있었는데 고발이 안 먹히고 계속됐었다는 게 이상했다.

"……개를 때리면서 막 웃어. 취해서 각목을 휘두르다 개다리춤을 추는 놈도 봤어. 쏴 죽이고 싶었어."

기억이 멈추지 않는다며 시애가 그의 옷깃을 잡고 흔든 때가 있었다.

"소리를 더 키우는 바람도 있다? 그런 게 있대. 놀기 좋아해서 바람난 여자처럼 싸돌아다니는 바람이 있대. 무슨 유럽 동화니? 처음 들었을 땐 울었어. 시내로 도망쳤다가 캄캄한 밤에 돌아오곤 했는데 나중엔 집에서 그냥 들었어. 더 미치는 건, 죽인 개한테 불을 붙여. 털을 태운다고 몸통에 불을 지른다니까. 그 냄새. 속속들이 들러붙어 이틀쯤 절대 안 가셔. 노린내가 콧속에 파고들어 애들이 토했어."

그는 숨을 들이켰다. 역광에 반짝이는 언덕의 채소들은 꽃인지 열매인지 희고 동그란 것들을 달고 있었다. 슈퍼 남자가 다시 곁으로 왔다. 남자는 바로 저기에 그게 있었다고, 제법 미끈했다고 계속 나무 얘기를 했다.

"징글징글한 짓이 법으로 금지돼 멈췄거든요. 그래서 나무만 남았는데 한 달쯤 지났나 누가 야밤에 베어버렸더라고. 기계톱도 안 쓰고 어떻게 벴나 몰라. 꽤 큰 나무가 토막 나서 자빠져 있더라니까요. 사람들은 또 그걸 삶아서 마신다고 한 덩이씩 안고 가고."

두 사람은 한참 언덕을 봤다.

"사람이 목매달아 죽은 나무도 탐낸다면서요. 집에 두면 운이 좋아진다나."

턱을 쓸며 웃는 슈퍼 남자에게 그는 시애 할머니의 집을 물었다. 남자가 앞서 길을 올라가 한 곳을 가리켰다.

"저 파란 지붕, 제일 끝 집."

*

"나는 니가 죽었으면 좋겠다."

시애 할머니가 또다시 말했다. 돌아누운 몸이 작았다. 저런 몸으로 키 큰 시애를 그렇게나 학대했을까. 집 어디에서 물 흐르는 소리가 들렸다. 그는 어두운 마루 끝에 앉아있었다. 너는 밥 먹을 자격이 없다며 혼자 밥솥을 끼고 티브이를 보면서 거의 한 솥을 비운 시애 할머니는 방문을 열어두고 누워 두 번째 그렇게 쏘아붙였다. 시애 물건은 어디에도 없었다. 집 귀퉁이 시애의 방은 잠겨있었다.

"시애가 그리 말했어. 니가 죽었으면 좋겠다고."

시애 할머니가 말을 바꿨다.

"열이 처올라 한바탕 몸부림치고 나면 까부러지며 그랬어. 니가 죽었으면 좋겠다고. 그러더니 끙끙 앓다 서울로 도망쳐 버렸네. 나쁜 년."

그는 시애가 짚었을 마루 기둥을 물끄러미 봤다. 난 왜 시애를 보러 오지 않았나. 괴상한 시간 속에 그는 앉아있었다. 왜 오지 않았을까. 왜 보지 않았을까. 시애가 못 견디게 미웠던 그때로 돌아가 시애의 뜨거운 얼굴을 만지고 싶었다.

시애처럼 검지가 긴 시애 할머니는 그가 이 집에 들어서고부터 그를 투명 인간처럼 모른 척했다. 해가 지도록 혼자 사는 사람의 저녁 일을 마치고서 밥을 먹고 불을 꺼버렸다. 눕더니 욕을 했다.

"나무 깎던 그 남자 여기 왔었어요?"

그가 물었다.

"나는 그놈을 모른다."

"봤잖아요. 시애랑 같이 와서 나무토막을 사 갔잖아요. 그 사람이 다시 왔냐고요."

"난 그놈을 모른다. 나무귀신 씐 놈보다 니가 더 나쁜 놈이여."

"저를 왜 불렀어요?"

"돈은 왜 안 보내냐. 시애 덕에 내 입이 호강했었는데 이제 굶게 생겼어도 너는 돈을 안 주겠지. 생판 남인데 내가 뭔 돈을 받겠냐만."

그리고 마른침을 삼켰다. 딱딱한 소리가 났다.

"돈 필요 없다. 열병 달고 서울로 간 시애 좀 찾아줘. 몇 달째 전화 한 통 없다. 모진 년."

그는 일어섰다. 시애 할머니가 다급히 일어나 앉았다.

"니가 없었다면 그놈이 날 먹여 살렸을 게야."

목소리가 카랑카랑했다.

"니가 나무귀신 씐 그놈을 찾아가서 시애를 놔주라고 했지? 그래서 시애가 앓아누운 거 아니냐. 시애 지금 어디 있냐!"

시애 할머니가 소리쳤다.

"니가 괴롭혀서 그 나무귀신 씐 놈이 널 버렸다고, 내가 시애 귀에 못이 박히게 일러줬다."

"그런 거짓말을 왜 해요?"

"그러면 시애가 털고 일어날 줄 알았다. 기운 내서 그놈 찾아가 살림 차릴 줄 알았어. 그런데 연락이 없다. 본 사람도 없어. 너밖에 안 남았다. 니가 찾아내!"

시애 할머니가 방바닥을 쳤다.

그는 캄캄한 길을 걸어 내려갔다. 동네는 티브이 소리도 없이 조용했다. 걷던 도중 그는 길갓집 담에 기대 한참 서있었다.

시애와 커피를 마시던 어느 봄날, 어떻게 들었는지 웬 목인이 죽은 나무의 토막을 사겠다고 시애에게 전화를 해왔다. 별 싱거운 소리라고 웃어넘겼는데 며칠 뒤에 목인은 집요하게도 시애의 회사까지 찾아갔다. 시애는 그 목인의 차로 시골에 내려가 막무가내로 큰 돈을 부르는 할머니에게 값을 치르게 하고 먼지 낀 나무토막을 사게 했다. 차에 싣고 다시 되돌아가는 길에 둘은 함께 점심을 먹었고, 국도변에서 쉴 때 목인이 꺾어준 꽃가지를 받아 든 시애는 상경해 목인의 집으로 따라 들어갔다. 그가 전화했을 때 시애는 첫눈에 목인에게 반했었다고, 목인이 준 꽃가지 얘기를 하며 내내 웃었다. 그토록 환한 목소리는 처음이었다.

그 밝던 날들은 그러나 짧았다. 목인은 나무토막을 쪼아 단단한 의자를 만들어낸 뒤 구석에 세워두고 다시 거들떠보지 않았다. 시애에게도 눈길을 주지 않았다. 시애를 웃게 했던 날들이 가고, 몇 날 며칠 몇 달을 목인의 눈길이 다시 닿기를 기다리던 시애는 꽃가지 대신 의자를 안고 목인을 떠났다.

그는 밤길을 달렸다. 슈퍼와 집들의 불빛에도 큰길은 어두웠다. 축대 위에 서니 맞은편 언덕에 시애가 보였다. 못 자국처럼 작은 보조개. 촌스럽다며 자꾸 문질러 빨갛게 만들고 웃던 뺨. 조금씩 부드러워지던 눈매와 잘생긴 이마. 시애는 늘 바빴다. 아르바이트와 계약직을 전전할 때도 바빴고 제대로 직장을 잡은 뒤에도 숨 가쁘게 바빴다. 어쩌다 차에 태워 교외로 나가면 차에서도 자고 맛있는 밥을 먹고 돌아올 때도 잤다. 셋방에 데려다주면 씨익 웃으며 할머니에게서 완전히 벗어나려면, 아무도 뺏지 못할 좋은 방을 사려면 일해야 한다고 졸린 눈을 비볐다. 그가 결혼 얘기를 꺼냈을 때 시애는 다정하게 안으며 그의 입을 막았다. 그러면 안 돼. 난 혼자 일어선 다음에 오빠의 아내가 될 거야.

축대 밑은 더 캄캄했다. 암흑에 잠겨버린 것 같았

다. 언덕의 교회만 희끗했다.

목인 따위를 왜 따라가.

그는 중얼거렸다. 목인의 집에서 시애를 부르다 돌아섰던 날 그는 깨달았다. 시애는 그를 사랑한다고 믿었지만, 믿었었지만, 그는 유보된 남자였다. 어린아이 때부터 비참한 모습만 보인 남자. 샴쌍둥이처럼 이치와 감정이 닮아 떨어질 일이 없어 보였지만 온전히 사랑하기 힘든, 바라보기에 따뜻하고 곁에 있으면 다정한 사람일 뿐이었다. 지금 언덕을 마주하고 여기 서보니 더 알 것 같았다.

무감하려고 애쓴 날들이 아팠다. 달려올걸. 시애가 앓을 때 바로 달려올걸. 미워지지 않는 얼굴을 실컷 만질걸. 죽도록 껴안을걸.

가슴뼈가 갈라지는 것 같았다.

망설이지 말걸.

그는 어둠 쪽으로 허리를 굽혔다. 땀에 젖은 어린 시애가 책가방을 메고 초등학교 뒷문을 빠져나와 돌짝밭을 올라오다 쪼그려 앉아 봤던 풀꽃이 그의 손끝에 흔들렸다.

휴대폰을 켰다.

시애의 마지막 메시지에는 사진 두 장과 토굴의 위치가 담긴 링크가 있었다. 한 장에는 어둑한 흙바닥에 반듯이 누운 시애가 보였다. 한 손으로 곁에 쌓아둔 흙무더기를 만지고 있었다. 두 번째 사진에는 여전히 같은 자리에 누운 시애가 그에게 손을 흔들고 있었다. 그가 좋아하는 배시시 웃는 얼굴이 흔들려 조금 뭉개져 있었다. 메시지를 본 즉시 그는 맵을 켜고 도심에서 떨어진 야산까지 찾아갔다. 외따로 서있는 빌라를 지나 한참 올라가서 산 중턱 바위 뒤에서 좁다란 토굴 입구를 어렵게 찾아냈다.

도착했을 때 그녀는 죽어있었다.

파낸 흙무더기가 곁에 쌓였고, 자신이 목인을 죽였다고, 멀리 데려가 몸을 녹여버렸으니 찾을 수 없을 거라고 또박또박 써넣은 시애의 휴대폰이 토사물 곁에 있었다. 그는 시애가 파둔 구덩이를 더 깊게 파고 삽과 함께 그녀를 묻었다. 마지막으로 시애가 남겨둔 나무 의자를 집어 들었다. 토굴을 나와 돌아가는 길에 부서진 휴대폰 조각을 버렸고 집에 도착해서는 시애 곁에 느닷없이 떨어져 있었던 장갑을 태웠다.

그날, 토굴에서 돌아온 첫날 밤에 의자가 짖었다. 깨어서 바라보면 박제동물처럼 빳빳한데 잠만 들면 미치도록 짖었다. 개 치는 사내들에게 처맞은 모든 개의 울음을 살에 새긴 의자는 아무리 짖어도 모자란 듯 집요했다. 견딜 수 없어 그는 의자를 다시 토굴로 가져갔다. 의자는 잠잠했다. 한 손에 의자 다리를 쥐고 토굴 바닥에 엎드려 깜빡 잠이 들어도 조용했다. 시애가 들어있는 구덩이를 덮은 흙은 말라서 땅바닥과 다름없는 색이 되었고 토굴엔 희박한 공기에 뒤섞인 뭐라 표현하기 어려운 냄새 외엔 흔적이 없었다. 그는 중얼거리다 의자를 토굴에 두고 나왔다. 혼자 돌아간 집에서의 잠은 매일 꿈도 소리도 없었다.

　직장은 그렇지 못했다. 무엇이 빠져나간 머리로 일을 해낼 수 없었다. 힘을 다해 하루 일과를 끝내고 회사를 나서면 발밑에 길이 없어져 보이지 않았다. 그는 생각을 적게 하고 몸을 많이 쓰는 일을 찾아 나섰다. 작은 전자제품 제조공장에 조립 일자리를 구해 숙소도 그리 옮겼다.

　휴일이면 토굴에 누워서 졸거나 용이 새로 사서 보낸 시를 읽었다. 누구도 깨우지 않으려는 듯 의자는 토굴에서 조용했다. 굴 바깥에서 책을 펴고 글자를 훑을 때도 그랬다. 멀리 빌라 쪽에서 이따금 아이들 소리가 작게 들렸지만 아무도 야산으로 올라오지 않았다.

휴대폰 빛 속에 그는 손을 넣었다. 사진이 떨렸다. 손끝으로 시애 얼굴을 만졌다. 그를 향해 흔드는 손도 만졌다. 목인의 이름은 더 찾지 않았다. 하루 이틀 혹은 며칠 뒤 토굴이 무너지면 포크레인에 찍힌 흙 속에서 가냘픈 여자의 뼈가 나올 테고, 그의 희미한 생도 끝날 것이다. 거기까지거나 좀 더 가거나 별 다름없었다. 문득 생각했다. 죽은 시애 곁에서 묵묵했던 의자는 용의 집에서 아늑했을까.

그는 새벽에 언덕을 떠났다. 터미널 근처에서 커피를 마시다 고개를 들었다. 창밖에 한 청년이 쭈그리고 앉아 늦가을 해바라기를 처음 본 듯 경이에 차 바라보고 있었다.

노

란

꽃

엎드려 잠들었다 깨면 한참씩 앞이 안 보인다. 해먹에 달린 밧줄을 타고 바닥으로 내려가 창고 밖으로 나간다. 맨발로 흙길을 걷는 동안 눈앞이 갠다.

　소금 냄새에 정신이 든 나는 비탈을 달려 내려가 바다에 반쯤 잠긴 바위로 건너간다. 짠물을 마시고 젖은 머리칼을 훔치며 뒤돌아본다. 까마득히 높은 산에서 세 폭으로 갈라져 내린 산굽이마다 새벽 파도가 하얗게 부서진다. 나는 얼굴을 씻고 풍덩 물에 빠진다. 매운 코를 풀며 웃는다.

　오늘은 다를 거야.

　허리에 감기는 물살을 밀며 첫 번째 굽이 쪽으로 건너간다. 파도가 날 쓸어가려고 대든다. 쓸려가도 좋겠지만 넌 아니야. 나는 솟구치고 잠기며 두 번째 굽이도 지나친다.

큰 산의 세 번째 산굽이 밑에는 몇 길이 되는지 모를 소(沼)가 있다. 폭포 아래 소용돌이치는 용소들처럼 또렷하진 않지만, 파도가 일어서지 못하게 누르며 물의 커다란 더미가 느리게 맴도는 곳이다. 흘끗 봐서는 지나치기 쉽지만 길게 뻗은 산의 뿌리가 파도를 막아서인지 저만치서 아무리 바다가 요동쳐도 여기만 조용하다. 나는 맑은 소, 라 부르며 매일 그 안에 몸을 디민다. 하지만 소는 깊은 목구멍으로부터 물을 쳐올려 나를 가랑잎처럼 굴려버린다. 끈질기게 덤벼도 곧바로 떼밀린다.

새벽하늘을 본다. 햇살이 번지고 있다.

나는 공기를 흠뻑 들이켜고 소에 뛰어든다. 허우적거리며 오르락내리락하다 한순간 뒤집힌다. 끊길 듯 아픈 목과 가슴뼈. 뭉툭한 혹이 달린 꼽추의 몸 안에서 덩어리 숨이 요동친다.

인색해.

눈이 가물거리도록 흐름을 지켜보다 나는 더 깊이 파고든다. 두 번 세 번, 마침내 횟수를 잊고 떠오르기

216

도 잊고 깊이 잠겨 바닥을 향해 돌진한다. 하지만 곧 무력한 해초처럼 밖으로 쓸려 나온다. 깨질 듯 이마가 아프다.

멀리서 외치는 소리에 돌아보니 흰 옷자락을 펄럭이며 어머니가 달려온다. 어머니를 가만히 본다. 흰 새 같고 흰 물방개 같고 흰 꽃 같다. 달려오던 어머니는 내가 보일 지점에 이르러 물끄러미 선다. 멀리 떨어져 있어도 어머니의 눈물 줄기가 보인다. 어머니의 눈은 순한 암소의 것처럼 천천히 풀리다 감길 것이다.

정오쯤 나는 섬의 다른 쪽으로 내려간다.

배가 드나드는 포구를 피해 인적 없는 뒷길로 숨어서 간다. 별나게 큰 내 맨발이 흙을 밟는 소리를 들으며 간다. 마을에서 뚝 떨어진 낡은 집 대문으로 들어선다. 하늘을 가린 나뭇가지들 밑에 동굴처럼 좁은 통로가 어둡게 이어져 있다. 공기도 냄새도 서늘하다.

습습한 웃음을 지은 여자 셋이 마루에 반쯤 누워 부채질하고 있다. 날 보고 반갑게 손짓한다. 나는 무릎걸음으로 벌거벗은 노파 곁에 다가가 울타리 틈새로 날아들어 노파의 살갗에 붙은 햇빛 조각들을 본다. 꼬물거리는 금빛 벌레마냥 갈색 몸 여기저기에 붙어있다. 머리를 몹시 볶아 동그랗게 말아 올린 여자가 내게 찐 고구마를 준다. 나는 노파의 가슴에 떨어진 햇살을 만지며 한입 베어 먹다 뜨거워 입을 쩍 벌린다. 노파가 호물호물 웃는다. 우리가 처음 만났던 날처럼 수줍게, 세 여자는 늘 그렇게 웃는다.

부채 바람에 좀 졸리다. 노파의 부채는 풍부한 색깔을 불러온다. 아늑하게 감기는 색색 담요 같다. 노파는 쪼글쪼글하고 조그맣고 유일하게 한국말을 한다. 그녀는 내게 더 먹어라, 이리 와 앉아라, 한다. 젊은 여자 둘은 처마 그늘에 이목구비가 흐린 채 웃기만 한다. 이 집에서 남자를 본 적 없다. 남자들은 포구의 식당에서 매운 국수 요리를 만들어 판다. 이국의 여자들은 다 얼굴이 작고 수줍게 웃나. 하들하들 떨리는 햇살에 졸던 나는 그녀들의 이빨을 본 적이 없다 싶어 실눈을 뜬다. 여전히 비스듬하고 그늘지고 내가 모르는 말로 조용조용 얘기하다 웃는다. 자잘한 이가 가지런하다. 나는 노파의 가느다란 다리에 붙어서 무릎을 꿇고 엎드린다. 조금씩 잠든다. 내 몸에선 짠 내가 나겠지. 내 얼굴엔 마른 소금 얼룩이 피어있겠다.

누가 내 팔을 붙든다. 나는 눈을 감은 채 일으켜져 큰 등에 업힌다.

- 잘 가라. 또 와라.

노파의 목소리를 뒤로하고 대문을 지나 우리가 머무는 산비탈에 오르도록 나는 등에 업혀서 존다. 흔들흔들. 내 짧은 목과 튀어나온 등의 혹에 햇살이 닿는다. 갈색 여자 셋이 비스듬히 누운 집을 떠나서도 계속 그 마루를 꿈꾼다. 하늘을 가린 나뭇가지들. 찐 고구마와 매캐한 곰팡내.

비탈을 오르다 멈춰 선 오빠가 날 업은 채 꽃을 따 어깨 위로 건네준다. 잔꽃들이 눈꺼풀에 간지럽다. 오빠가 다시 걷고 나는 흔들린다.

물속에 드는 건 죽음의 동네로 마실 가는 일이다. 거기 영원히 남아도 좋은 나는 집으로 돌아갈 걱정이 없다. 물살이 내게 밀리는 게 좋고 물의 무거운 더미를 안는 게 좋다.

깊이 내려갈수록 물은 껴안아지지 않아 어느쯤에서 사지를 놔버린다. 나는 녹아나고 흐른다. 물살은 아주 가끔 죽음의 동네 위로 날 몰아간다. 눈을 부릅뜨고 부유하길 잠깐, 물은 나를 뱉어버린다. 그 깊은 곳에 한 번도 발을 딛지 못한 나는 하늘을 날아다니는 꿈속에서 내려다보듯 물의 바닥에 펼쳐진 흐릿한 풍경을 본다. 집과 거리가 길고 검다. 신비롭다. 신비로워 피가 뛴다. 검은 거리를 밟고 단 한 집의 문이라도 들어갈 수 있다면 내 돌진은 끝날 텐데.

이루어지지 않는 일처럼 혼을 뺏는 게 있을까.

어머니가 물을 길어 오는 산길에서, 창고에 높이 매달린 내 잠자리에서, 나는 물 밑을 꿈꾼다. 거기 해가 비치면 포구마을과 비슷하려나. 하지만 밝음은 밝음이고 어둠은 어둠이어서 물 밑 동네가 포구마을과 쌍둥이처럼 닮았다 해도 나는 물 바닥의 검은 문들을 열어보고 싶다.

오빠가 날 창고 안에 내려놓고 밭으로 나간다. 어머니는 일하기 편하게 입고 일찌감치 마을로 떠났다. 신발을 말갛게도 닦아놨구나, 하고 웃으며 갔다.

바닥의 깔개에 앉아 높은 천장에 고치처럼 매달린 내 잠자리를 본다. 아기 포대기처럼 말려서 동아줄로 양쪽 기둥 위에 단단히 매여있다. 처음 여기에 왔을 때 오빠는 내 부탁대로 해먹으로 저 잠자리부터 만든 뒤, 깨진 유리창을 갈아 끼우고 덮고 잘 것과 끓여 먹을 그릇들을 구해왔다. 그런 뒤 오빠는 창고 밖 헛간에 방을 만들어 잠깐 자고 나와서 빌린 땅을 갈기 시작했다.

어머니는 팔짱을 끼고 물끄러미 위를 보다 묻곤 한다.

- 어떻게 저 위로 올라가니?

그리고 또 묻는다.

- 저렇게나 높은 곳에서 잠이 오니?

나는 캄캄한 새벽이나 한밤, 어머니가 깊이 잠든 뒤 거미처럼 밧줄을 타고 오르내린다. 옆으로 고개를 꺾고 엎드려 해먹에 담겨서 자는 게 어릴 때부터 습관이지만 저리 높은 곳은 처음이다.

어머니가 천장을 올려다볼 때면 난 어머니를 올려다본다. 나란히 서서 눈을 마주 볼 수 없는 나는 추울 땐 어머니 스웨터에 달린 단추를, 더울 땐 어머니 배에 붙은 배꼽을 본다. 참외 꼭지처럼 튀어나온 배꼽을 초인종처럼 누르면 어머니는 깔깔 웃으며 내 겨드랑이를 간질인다.

나는 예쁘다. 머리칼이 구불구불 길고 반짝인다. 아

이 때부터 다른 사람보다 뛰어나게 아름답고 향기를 지녔고 남을 매혹한다는 걸 알았다. 아직 육체의 어느 부분도 시들지 않았다. 나는 하얗고 매끈하다.

품. 고개를 숙이고 웃는다. 품품.

매끈하긴 하지. 하얗기도 해. 하지만 실격. 불량의 또 다른 표식처럼 별나게 큰 내 손과 발을 흔들다가 팔을 돌려 등의 무거운 혹을 누른다. 누를 때마다 부웅, 뱃고동 소리를 낸다. 부웅부웅.

짤막한 내가 뒤뚱뒤뚱 걸어가면 목이 비틀린 풍뎅이나 미친 쥐처럼 보일까? 더 혐오스럽겠지만 징그러운 털벌레보단 나을까?

오빠가 준 꽃을 쥐고 창고 밖 환한 햇살을 본다.

무서워.

언젠가 탄광촌 뒷산에서 사구를 봤다. 같이 간 사람이 저기 누우면 바닥이 돌아가서 천천히 땅속으로 빨려 든다고 했다. 그와 하산했다가 나 혼자 되돌아가 사구의 흙모래 위에 누웠다. 낮이 가고 밤이 왔는데 내 몸은 20도 정도밖에 기울지 못했다. 너무 느려 의식을 덮치는 어떤 공포도 희열도 없었다. 나는 오랫동안 흙을 만지다 일어섰다. 서서히 돌아가는 사구는 너무 외로워 보였다. 그런 속도로는 무엇도 품을 수 없다. 속도의 불행을 가진 사구는 내게 오래 외로움으로 남았다.

바깥이 눈부시다.

한때 담배 창고였다가 산꾼의 거처였다가 용도를 알 수 없게 된 창고의 마룻바닥에서 문밖을 본다. 손에 쥔 꽃 냄새가 풋풋하다.

도시에 살 때, 어머니는 어느 날 친구의 편지를 받았다. 시댁 어른의 장지에 갔는데 코딱지만 한 푸른 꽃이 사방에 피어 정신이 산란하더라. 쥐불을 놓아 얼룩덜룩한 둔덕에 글쎄 이월인데도 꽃이 피어 미친년 같더라, 했다. 바람 부는 넓은 곳에서 소리 없이 오락가락하는 여자를 보는 듯했다. 종이가 찢어져서 붙였나 싶었던 비닐 테이프 밑에 얼룩처럼 푸른 꽃 두 개가 눌려있었다. 그걸 보며 한참 웃었던 그 편지를 어머니가 도시를 떠나는 날 내게 줬다. 여러 곳을 떠돌다 이 섬에 도착한 나는 거대한 산밑에서 맑은 소를 발견하고 편지를 가져다 물 밑에 넣었다. 편지는 짠물에 젖어 조그만 코딱지 꽃을 환장하게 간질이다 검은 동네의 어느 문으로 빨려 들었을 게다.

바깥에 그림자가 스친다.

내다보니 지저분한 남자애가 날 놀리면서 어머니의 텃밭으로 올라가 보란 듯 채소를 뽑는다. 내게 돌을 던지고 개구리나 독풀을 던지던 녀석이 요즘은 오빠만 따라다니며 재잘재잘대더니 채소를 뽑아간다.

오빠는 이십 초반에 두 번 죽음을 넘겼다. 그 후로 이상하게 아이들이 따른다. 말도 없고 관심도 없는데 아이들은 오빠 곁을 맴돈다. 그럴 때 어머니는, 황천길 가던 오빠가 아이를 두고 죽은 어미를 만나 그녀 소원을 들어주러 이승에 되돌아왔나 보다, 고 했다.

손을 씻고 나는 문턱에 앉는다.

부웅부웅. 부웅부웅.

바위에서 뱀이 기어 내려온다. 다가가 길을 막는다. 내 발등이 돌멩이나 되는 것처럼 아무렇지 않게 타고 간다. 나는 톡톡 뛰어 창고로 돌아간다.

어른이 되면 못 떠나. 병들어도 못 떠나. 나는 습관처럼 혼잣말한다.

마루의 깔개에 엎드린다.

잎사귀 부딪치는 소리. 사람들 목소리. 나는 눈을 반쯤 뜨고 귀를 기울인다. 날 둘러싸고 한 떼의 남녀가 우줄거리며 다가오다 웃으며 손을 내민다. 나도 마주 내밀다 정신을 차려보니 아무도 없다. 눈을 뜨고 또 같은 꿈을 꿨다.

어릴 땐 낮 꿈이 더 잦았다.

두건을 쓴 세 여자가 눈알 하나를 번갈아 쓰며 날 기다렸다. 손에 가위가 들렸고 자기 차례가 된 여자가 눈알을 받아 눈구멍에 끼우고 나면 나는 싹둑 잘려 까마득히 추락해 무엇에 찔리곤 했다.

커서 무당이 되려나 했다. 궂은 날씨엔 온갖 게 더 많이 보여 깨어나자마자 하나씩 되짚어보곤 했다. 혹 보자기를 봤나, 하늘에서 내려오는 짐승을 봤나. 그런 걸 보면 신이 내려 무당이 된다고 읽어서였다. 무당이 신묘하다지만 내가 내가 아니고 다른 힘이 나여서 죽도록 나 아닌 채 산다면 무서웠다.

꿈을 헤집는 조마조마한 짓은 한 점쟁이 덕에 끝났다. 무당이 될 사람은 너처럼 생긴 애가 아니란다. 그가 단언했다. 네 운명은 훨씬 다르지.

— 내 혹 때문인가요?

— 그럴지도.

— 나처럼 생긴 무당은 없나요? 세상에 하나도 없나

요?

네 얼굴은 깎인 흰 돌 같구나. 그는 찌푸렸다. 스스로 아껴라. 모두가 들여다보게 만드는 네 새까만 눈을 반만, 꼭 반쯤만 감고 살면 어떻겠니. 그가 권했다. 나는 학교를 그만뒀다. 몇몇이 집에 와서 가르쳤다. 그중 하나가 나를 속속들이 만진 걸 알게 된 오빠가 날 도맡았다. 오래 가르칠 필요 없었다. 나는 책을 읽고 티브이의 수많은 다큐와 영화를 봤다. 멸시와 폭력과 조롱 없는 집에 숨어 세상을 익히자 꿈이 밝고 생생해졌다. 전편이 완전히 전개되는 긴 소설, 들판의 보송보송한 토끼들, 사막을 달리는 모래산과 불을 걷는 사람들이 보였고 칼과 열매, 수없이 재생되는 무지개를 봤다.

*

어머니가 창고로 들어온다. 엎드린 나의 머리통을 당겨 어머니 무릎에 얹는다. 왼손에 들린 담배에서 생담배 타는 냄새가 난다.

- 네 오라비가 새끼를 낳을 모양이다.

어머니 웃음소리에 나는 고개를 든다. 불 밝힌 집처

럼 환해서 늘 사랑받던 오빠는 대학생이 된 뒤에 내가
이해할 수 없던 이유로 자진했다. 기이하게도 두 번
다 숨이 끊어졌다가 되살아난 오빠는 이후 말 없는 사
람이 되어 누구와도 더 인연을 맺지 않았다.

－ 오빠가 아기를?

나는 묻고 묻는다.

－ 오빠 아기를 가진 게 누군데?

－ 해강씨네 막내딸이란다.

난 벌떡 일어나 앉는다. 호리호리한 그녀를 섬에 도
착한 첫날에 봤었다. 가까운 개펄에서 여자들과 구부
리고 무얼 줍던 그녀는 경운기에 실려 가는 우리를 보
고 우뚝 붙박여 섰다. 포구가 내려다뵈는 산비탈 창고
에 짐을 풀고 어둡길 기다려 나는 마을로 숨어들어가
그녀를 봤다. 듣기로 그녀는 도시의 대학에 다니다 집
에 온 길이었고 방학이 끝나가는 참이었다. 그런데 한
달쯤 지나 그녀가 다시 보였다. 길섶에서 날 발견한
그녀가 뚫어지게 나를 보다 눈물을 글썽였다.

－ 그때 벌써 마음에 두었나.

숲속의 얼룩 새가 어쩌고저쩌고 어머니가 이상한
노래를 흥얼거린다. 어머니 얼굴이 담배 연기에 가려

구름 속의 달걀 같다. 어머니는 이상스런 오빠와 이상스런 날 낳아서 저렇게 이상스럽게 됐나. 어째서 우리는 이상한 모양으로 낯선 섬에 뭉쳐있을까. 우리를 여기 데려온 건 오빠였다. 처음에 충동을 못 이겨 벌거벗고 집 밖으로 뛰쳐나간 건 나였지만, 셋이 함께 집을 떠난 뒤로부터 오빠는 더욱 말을 잃어 마음 없는 사람처럼 이상스러웠다. 그런데 해강씨네 막내딸이라니? 나는 개펄 묻은 손으로 오빠 가슴을 헤치는 여자를 상상한다.

노래하던 어머니가 무럭무럭 담배 연기를 뿜는다.

- 난 아기를 갖고 싶지 않아.

- 엄만 너와 오빠처럼 이쁜 자식을 둘이나 낳았는 걸.

- 나 같은 딸도 오빠 같은 아들도 갖고 싶지 않아.

오르내리는 어머니 배에 기대어 벽에 붙은 사진을 본다. 오빠는 사각모를 쓰고 어린 나는 큼직한 옷에 파묻혀 상자를 들고 있다.

- 네가 물고기나 새처럼 그렇게 날아가려고만 하지 않으면 이쁘게 살 텐데.

어머니가 중얼거린다.

저 사진 이후로 어떤 사진도 찍지 않았다. 우리 셋은 저기서 끝났고 지금 우리는 이승을 떠나 중간계에 이른 걸까. 그렇지 않다면 오빠가 밭을 갈고 어머니가 흰옷을 입고 바다로 달리고 내가 물속 검은 동네를 기웃거릴 리가 없다. 나는 티브이를 보고 오빠는 출근하고 어머니는 네모난 주택의 화단에 서있는 구도를 우리는 분명 갖고 있었다. 그게 부서지며 어떤 사고로 이생을 끝내고 여기 온 걸까. 그래서 불량품인 내가 그렇게나 깊이 물에 빠지고도 가볍게 떠오르나.

  - 오빠 아기를 가진 여자는,

  나는 엄마 배를 누른다.

  - 신이 공들여 만든 듯했어. 헌데 눈물을 흘려서 더 볼 수가 없더라고. 그렇게 울지만 않았어도 아기 같은 건 안 가졌을 텐데.

  어머니가 연기 속에 가뭇하다. 나는 바보처럼 계속 웃는다. 해강씨네 막내딸 몸에선 단 새우 냄새가 나겠다.

  산비탈에 꽃이 만발한다. 포구의 갈매기가 여기까지 날아와 창고 위를 맴돈다. 매일 고되게 일을 나가도 어머니 얼굴은 빛이 나고, 오빠는 내가 해강씨네 막내딸이 어쩌고저쩌고 놀려대도 쓸쓸한 얼굴로 날 바라만 본다. 곡괭이로 밭을 간다. 콩과 고추와 토마토가 가득하다. 나는 오빠를 도와 잡초를 뽑고 무른 것을 따낸다.

내가 사탕 봉지를 내밀면 어머니가 놀란다.

- 이걸 니가 샀니? 아이들이 없었니? 다치지 않았어?

때리는 애들이 하나도 없고 먼지만 잔뜩 낀 가게를 알고 있다고 아무리 설명해도 어머니는 자꾸 묻는다. 오빠는 내가 조르면 겨우 사탕 한 알을 집는다. 온갖 작물이 통통해지는데 오빠는 마르고 꺼칠하다.

뭉게구름이 폈다가 비가 내린다. 젖은 지구의 어디에든 작고 구부러진 사람들이 있겠지. 등이 굽은 이들만 모여 사는 동네로 가고 싶다. 궂은 날엔 머리통이 더 뒤죽박죽되고 전류 흐르는 소리가 난다.

창고가 폭우로 시끄럽다. 오빠가 빗속에 푸성귀를 안고 온다.

- 오빤 머리가 작은데 난 왜 이렇게 커? 무거워.

오빠가 소리 내 웃는다. 놀라서 어머니를 부르려니

나가고 없다. 나는 흥분해서 마련해둔 반죽으로 부침
개를 부친다. 오빠에게 주고 다시 두툼하게 구워 접시
에 담아 덮어둔다.

어머니가 감기에 걸린다. 홑이불을 두른다. 셋이서
흘러가는 흙탕물을 우두커니 본다.

바람이 온다.

안개처럼 어깨를 누르고 물살처럼 빠르게 허리를
맴돌다 가슴을 타고 오르는 바람. 나는 벌린 두 다리
사이 돛폭처럼 팽팽해진 치마에 감겨든 바람에 채인
다. 폭우가 쓸어버린 어머니의 텃밭 위로 달려간다. 바
람이 날 밀어 비탈 아래로 내몬다. 떠밀리다 붙든 나
뭇가지에 손이 찔린다.

악악!

짜증이 나 나무를 내려친다. 바람이 뺨을 때린다.
나는 나무를 발로 차고 둥치에 혹을 부딪친다. 등껍질
이 까이도록 짓찧다 비탈을 굴러간다. 성깔이 치민 나
는 누군가에 대답하듯 큰 소리를 끌고 간다.

아아아아.

풀줄기에 미끄러지며 굴러내려 파도 속에 폭발하듯

몸을 던진다. 물살이 나를 동댕이친다. 어머니의 고함
이 들린다. 나는 물속 깊이 숨는다. 숨을 끊고 맥을 놔
버린다. 큰 파도가 덮친다.

눈을 뜨니 내가 돌밭에 엎어져 있다. 어머니가 나를
일으키면서 운다. 저만치 섰던 오빠가 돌아서 간다. 나
와 엄마는 얽혀서 웅크리고 바닷가를 떠난다.

지친 어머니를 창고에 들인 뒤 오빠를 찾아 나선다.
산 중턱에서 오빠는 저쪽 나는 이쪽에 서서 뒤집힌 풀
들을 본다.

- 발이 미끄러졌어. 실수였어.

오빠가 말없이 겉옷을 내게 준다. 얼굴이 해쓱하다.
골똘히 앞을 보다 산을 내려간다. 긴 몸이 구부정하다.
그는 내가 자기 대신 앓고 있다고 여긴다. 한 사람이
앓으면 곁의 사람은 앓을 수 없다. 바라보고 지켜야
한다. 오빠가 죽음에 홀려있을 때 난 어렸다. 이제 내
가 그의 병을 얻어 받았고 그는 내 속에 사는 시끄러
운 물고기 떼가 바다로 돌아가도록 기다리고 지킨다.
하지만 나는 아니다. 나는 더 할 생각이 없다. 지금 아
니면, 어른이 되면 못 떠나. 늙고 병들어도 못 끝내.

오빠에게 다짐해둘 말을 깜빡 잊었다. 그가 미덥지

않다. 내가 사라지고 나면 그는 처음부터 다시 시작하려 할 게다. 그러면 어머니도 뒤따르겠지.

어떤 이들은 말한다.

목을 매고 싶었어.

독을 삼키려 해.

눈물방울과 노을 한 조각을 생명과 바꾸는 말도 한다. 푸른 코딱지 꽃을 땄던 어머니의 친구도 그랬다. 이 모든 걸 정말 감당 못 하겠어. 이건 너무 산란해. 죽을 것 같아. 그리고 또 말했다. 모래톱에서 말라 죽은 쌀톨만 한 게를 주웠어. 내 손금에 얹힌 게의 눈알에 붙은 마지막 풍경처럼 생은 작아, 아주 작아.

집 안에 숨어 살던 나는 그 말들에 끌렸다. 입지 않고 먹지 않고 말하고 싶은 걸 말했더니 시원했다. 높은 곳에 올라 뛰어내리니 후련했다. 몸에 금이 가자 오빠는 짐을 싸고 어머니와 나를 앞세웠다.

- 너 가고 싶은 곳까지 가자.

우리는 차를 타고 배를 타고 걷거나 기차를 탔다. 섬과 섬을 유랑하다 계절이 바뀌고 이곳에 닿았다. 큰 산의 발부리가 잠긴 바다 한쪽에서 기이한 소를 발견한 나는 더 떠나지 않았다. 오빠는 밭을 갈기 시작했다. 어머니는 우리에게 창고를 세준 노인의 집에 가서 그의 치매 아내를 돌보고 청소했다. 나는 밤으로 나다니다 아무 데나 엎어져 잤다.

우리가 이승을 떠난 시점이 언제일까. 내가 산에서 떨어진 뒤인가, 우리가 집을 떠난 바로 뒤인가, 눈에 파묻혀 동사한 뒤인가. 아니면 소에 빠졌던 첫날에 어머니가 날 건져내려 허우적거리고 오빠가 농기구를 던지고 따라 들어와 함께 물살에 휩쓸렸던 그때인가.

*

미안하다. 사람들께 미안하다. 바다에 마을에 미안하다.

이기적인 마음으로 어머니와 오빠를 데려왔다. 미안하다. 번거로운 몸. 나는 어머니 발뒤꿈치에 박힌 못이고 오빠 등짝의 수습 불가한 덩어리인 채, 인간의 터가 아닌 다른 틈바구니를 엿보며 바다의 바닥 어둠의 어둠을 동경했다. 세상의 구부러진 모두의 고통을 나는 외면했다. 그러기로 했다. 나의 고통은 나의 것이므로. 어머니와 오빠와 앞으로 살아갈 날 속의 타인들

의 고통을 조금씩 빚내어 아름다움을 누렸다. 많이 웃
었다. 미안하다. 어머니의 젖은 눈이 고되게 감길 때도
나는 매운 코를 쥐고 물에 들었다가 번번이 떠올랐다.
미안하다.

한밤중에 밧줄을 더듬어 쥐고 나는 마룻바닥에 내
려선다. 바깥의 헛간으로 가 잠든 오빠를 내려다본다.

  - 오빠 아기를 사랑해.

숨소리가 흐려지며 오빠가 무겁게 뒤챈다. 스치듯
그 어깨를 만져본다.

  - 고마워.

고마워. 뒷걸음쳐 물러선다. 더 오래 서있으면 오빠
가 완전히 깨어서 불을 켜고 내 눈을 살펴볼 게다.

창고로 돌아가 문턱에서 들여다보니 어머니가 잠결
에 묻는다.

  - 달이 떴니?

나는 끄덕이고 비탈을 내려가 노파가 부채질하던
나무집으로 간다. 대문 밖에 앉는다. 눅눅한 흙바닥에
희미하게 낮의 온기가 남아있다. 노래하듯 말하며 수
줍게 웃는 이 집 여자들은 각자의 남자들과 포근히 잠
들었겠다. 내가 비바람 속에서 몸을 이기지 못해 비틀

거리다 굴러 쓰러졌을 때, 날 떠안듯 데려가서 씻기고 약을 발라준 사람들이다. 내가 유일하게 얻어먹고 그토록 바짝 붙어있어도 좋은 건 이들뿐이다.

몸이 뒤로 쏠린다. 찌릿찌릿하다. 무릎을 세우고 앉아서 손깍지를 껴 넓적한 발등에 올린다.

새벽이 온다. 바람이 분다.

온풍이다.

내 혼이 일어선다. 미세한 떨림에 주위를 둘러본다. 심장이 튀어 오를 듯 펄떡인다.

바다로 달려가다 문득 돌아서 급히 마을로 들어간다. 서두르는 내 뒤에서 바람이 귀를 쓸고 머리칼을 당긴다. 온풍이다. 마음이 급하다. 마을에서 제일 안쪽 오래된 집으로 달린다. 너른 마당에 새벽빛과 달빛이 엉겨 비늘처럼 고여있다. 조심스레 맨 끝 쪽 방문을 당긴다.

해강씨네 막내딸이 어둠 속에 자고 있다. 고른 숨소리가 들린다. 그녀 배 속의 아이가 세상에 나와 터트릴 웃음소리에 내 손가락들이 꼬물거린다. 안아보고 싶다. 숨죽여 구석에 서있는 동안 새벽빛이 들어와 그녀의 실루엣이 드러난다. 잠깐, 잠깐만 더, 조바심치다

방을 나선다.

바닷속으로 뛰어들 때 나는 조금 웃는다. 온풍이 날 데리러 와 고맙다.

소는 깊은 목구멍으로 날 빨아들여 밑으로 데려간다. 그토록 내치더니 고맙다. 나는 놓치지 않게 노란 꽃을 꼭 쥔다. 꿈속에서 날아다니던 어두운 동네의 지붕들이 발끝에 스치듯 가까워진다. 이토록 깊이 내려가는 건 처음이다.

적막하다.

검은 거리를 지나 저만치 닫힌 문들이 보인다.

작가의 말

무엇에 홀리면 맛보고 뜯어보고 금방 떠나는 편이다. 글은 실컷 보고서 알겠다며 떠났다가 다시 돌아와 또 골똘히 바라보곤 했다. 신비스러운 큰 산처럼.

　종로에 산다. 새벽 산책길에 송사리가 반짝반짝 튀어 오르는 청계천. 그 맑은 물 근처에 글 쓰는 곳이 있다. 큰 산처럼 전모가 파악이 안 되는 글의 맛과 종로, 두 가지가 내 띄엄띄엄한 글쓰기를 도운 것 같다.

　글을 써내면 뭔 말인지 모르겠다고, 주제가 뭐냐고들 가끔 묻는다. 나는 눈만 껌벅인다. 그게 중요한가 싶고 뭘 상정하는 게 성질에 안 맞아 해줄 말이 없다. 누구나 훤히 알게끔 앞뒤 맞춰 개연성 있게 잘 쓸 수 없나 생각은 한다. 그러다 나 하나쯤 맘대로 쓰면 안 되나. 아, 답답한데, 그러기도 한다. 결국 실력이 모자라고 탐구에 게으른 거라는 자책에 부딪히며.

잘 축조되고 분명하면서도 똘끼와 잡기와 색기를 장착한 글을 쓰고는 싶었다. 근데 그게 쉬운가요.

어느 날, 고래를 정비소에 갖다주고 분해하라고 하면 난감하지 않은가, 라는 평을 받았다. 틈(闖)을 한자로 써놓고 두 개의 문 사이로 바람처럼 말을 타고 내달리며 재빨리 낚아채는 '그 어떤 것'이 예술이 아니겠냐고도 들었다.

내키면 비문도 쓰고 시간도 뒤섞고 정령도 쓰고 바람난 바람과 엉덩이 큰 나무들의 수다를 대놓고 써버리는 내게 여지와 자유를 준 말이었다. 글발이 올라 스토리가 달려갈 때 그 두 비유를 떠올린다. 정확한 작법과 상식을 좀 잊고 내 식대로 인물과 정황을 그려가기, 그런 마음으로 나름 골똘히 얘기를 만들 수 있었다. '흠 없이 제대로'를 강조했다면 내 사랑 청계천을 건너 건들건들 나다니는 즐거움은 버렸을지도. 중요한 건 쓸 얘기가 생기면 힘이 달려도 써보는 것.

나는 할머니. (하하) 예상치 못했던 엄청난 난관들을 만나 깜짝 놀라고 가끔 풀이 죽는다. 뭐 어쩔 수 없다며 가만가만 살다가 생이 반짝인다고 느낄 때, 뭔가에 신나 방방 뜰 때 글을 쓰고 그림을 그린다. 작은 재미지만 허공을 날던 발이 땅을 딛듯 딱 붙는 느낌이 들어서 좋다.

어떤 이미지가 떠오르면 배를 띄우듯 그냥 쓴다. 어디에 닿을지 가봐야 하니까. 글 뼈가 튼튼하지 못해도 재빨리 쓴다. 닿을 곳이 궁금하니까. 우울투성이 언저리 얘기라도 신나게 쓴다. 날 부른다 싶으면. 결국 글쓰기는 탐험이고 그래서 재밌다.

내 글은 백 프로 상상의 산물이다. 하지만 뒤돌아보니 도와준 게 있었다.

길. 몹시 사랑하는 길.

지금은 나이 들어 자주 못 가지만 (냐하하) 수많은 길을 걸었다. 그게 어슴푸레한 이미지에 살을 붙였다는 생각이 든다. 길과 산과 바다가 글에 스민 걸 뒤늦게 깨달았다. 이 책엔 그런 글들을 담았다.

뭔가에 자꾸 흔들렸을 때, 틈만 나면 길 떠났을 때,

못 갈 땐 기차역에서 놀다라도 오던 나를 내내 봐주고
넘어가 준 가족이 고맙다. 구효서 선생님, 디노북스와
친구들께도 감사드린다.

* 오래전 메모라서 퍽 감상적이지만
자꾸 밖이 그립던 그즈음 이런 기분이었다.

마적 (魔笛)

깊은 잠 속에서도 홀연히 일어나
주섬주섬 맨발로
저 끝, 손도 없이 손짓하는 어둠으로 걸어가는 인간들이 있다

바람 냄새 바람 냄새
눈물과 그리움과 애한의 정수를
이빨 시리게 떠 마시는 샘가에 이르러
통곡하고서야 밥을 먹는 미완의 무리들
인간도 짐승도 아니어서 분열되는 시간에 헤매길 거듭해
함께 숙생(宿生)하는 이들께 슬픔과 고통을 주는 무리들
바람 냄새 바람 냄새
한밤중에도 혼을 깨우는 저 길의 피리 소리

들리니?
— 구효서 소설가의 발문

1. 찬

나에게 있어 그의 소설은 뭐랄까, 정찬 같은 것이었다.

정찬이란 일정하게 정해진 차례에 따라서 차린 음식인데 일정하게 정해진 차례란 물론 조리와 차림과 식사에 요구되는 절차와 예법—正—을 말한다.

그러나 내가 느꼈고 말하고자 하는 정찬의 의미는 조금 다르다. 일정하게 정해진 시간과 장소에서 지속적으로 대접받았다는 뜻—定—에 가깝다. 몇 년을 두고 백 일에 한 차례씩 그의 새 소설을 꼬박꼬박 받아 읽어왔으니까. 두 정찬이 갖는 공통점은 정갈함과 맛깔스러움이다.

그의 소설을 받을 때마다 최애 음식 앞에 앉는 일처럼 설레고 벅찼다는 사실을 시방 고백하는 중이다. 이제는 뗄 수 없게 된 맛을 백 일에 한 번밖에 접하지 못한다는 사실이 못내 안타깝지만 생각해 보면 그리 아쉬울 것도 없다. 정찬은 계속될 것이므로.

찬 얘기로 시작을 한 김에 좀 더 말을 이어가자면, 사실 그의 찬은 내가 정기적으로 두근거리며 대접을 받아왔다는 사실을 제외한다면 정해진 규범, 즉 절차와 예의에 따른 격식(格食)은 아니다. 격식이라니. 그건 삼엄한 수라간 상차림에나 어울릴 법한 요청이다. 오히려 그의 찬은 낯설고 예측이 쉽지 않아 조금은 불안스레 들뜨게 하는 매력의 레시피를 숨기고 있다.

옛날의 예(禮)란 오늘날의 예의나 예절과는 다른 것으로서 어기면 처벌을 받는 법률이었으므로 예법이라 함이 맞겠는데, 궁중 음식의 맛이라는 것도 어쩌면 그러한 근엄과 금도의 정성에서 나오는 것인지도 모른다.

그에 비한다면 그의 찬은 아예 전통의 예법을 아랑곳하지 않거나 흔들어 사뭇 불온하다 할 만큼의 이색적인 맛을 내는데, 이런 말 하기가 좀 겁나고 조심스럽지만 나는 그 맛을 '칼맛'이라고 한다.

언젠가 나는 내가 쓴 소설에서 '불맛'이란 말에 의아해하며 묻는 외국인 노인한테 '나는 불의 맛을 느끼기 위해 종종 불꽃을 혀끝에 대고 5분간 견딘다.'고 구라를 푼 적이 있다. 그들에게도 '손맛' 같은 말이 있는지는 모르나 하여튼 '칼맛'이라는 말은 우리말 사전에도 나오니 지나치게 겁내고 조심할 말은 아닌 것 같기도 하다.

2. 칼

다만 내가 그의 소설에 칼맛이 있다고 느낀 것은 그의 첫 소설을 접했을 때의 첫 문장 첫 단어가 칼이었고, 이어지는 소설들에서도 족족 칼이 등장했으며, 직접 등장하지 않더라도 칼의 느낌은 냄새나 기척이나 유령, 아니면 차갑고 투명한 뱀처럼 문장과 구절 사이를 어쩐지 불령하게 떠돌았다.

칼이 나타났다. 엄마가 책상 위에 올려놓고 그 옆에서 수채화를 그리고 있다.

〈릴리가 알겠지〉

유군은 가게 할머니에게 그 섬으로 가는 배편의 시간을 물었다. 할머니는 곁의 아주머니에게, 아주머니는 곁의 아저씨께 물었다. 장미칼을 들고 평상 가까이에서 생선을 따던 아저씨가 칼을 치켜들고 가게 벽시계를 가리켰다. 햇살에 번쩍이는 칼 빛이 눈을 찔렀다.

〈들어봐〉

지난봄 새벽에 갑자기 깼어요. 눈뜨면서 내 입에서 늙었어, 라는 말이 나온 거예요. 놀라서 벌떡 일어났는데 난데없이 울음이 터졌어요. 늙었어. 난 늙었어. 그걸 내가 몰랐나요? 왜 몰랐겠어요. 그런데 칼처럼 그 말이 일어선 거예요. 얼굴을 가리고 펑펑 울었어요. 너무 날카롭고 차가워서, 서늘해서요.

〈이토록 밝은 날〉

탁자를 톡톡 두드리다 코트를 벗고 채소를 꺼낸다. 냉동
된 고깃덩이를 썰다 검지를 깊이 벤다. 피가 돋는다. 휴지로
돌돌 말고 머그잔에 물을 따른다. 새로 밴 피가 휴지를 적신
다. 여자는 거실로 나오다 뚝뚝 떨어지는 핏물을 무심코 새
의 등에 닦는다.

〈새〉

멸시와 폭력과 조롱 없는 집에 숨어 세상을 익히자 꿈이
밝고 생생해졌다. 전편이 완전히 전개되는 긴 소설, 들판의
보송보송한 토끼들, 사막을 달리는 모래산과 불을 걷는 사
람들이 보였고 칼과 열매, 수없이 재생되는 무지개를 봤다.

〈노란 꽃〉

두건을 쓴 세 여자가 눈알 하나를 번갈아 쓰며 날 기다렸
다. 손에 가위가 들렸고 자기 차례가 된 여자가 눈알을 받아
눈구멍에 끼우고 나면 나는 싹둑 잘려 까마득히 추락해 무
엇에 찔리곤 했다.

〈노란 꽃〉

방 가운데 돌처럼 앉은 목인. 시애는 그의 눈이 자기에게 닿기를 몇 날 며칠 기다린다. 목인은 긴 눈을 들지 않고 나무토막을 자귀로 켠다. 나무의 속살은 따뜻한 색. 물을 많이 타고 뜨겁게 데운 커피에 우유를 듬뿍 넣어 저은 색. 밝은 색. 눕고 싶은 색.

〈사소한 개소리〉

네 할아버지 팔뼈다. ……할아버지가 돌아가시기 전에 불에 타기 싫다며 우셨어. 안 태우겠다, 잘 묻어주겠다 했더니 다음 날엔 또 깜깜한 땅속에 들어가기 싫으시대. 너희 집에서 화장은 안 한다며 산에 묘를 썼잖니. 발인 전날 미사 볼 때 내가 몰래 잘라냈어. ……니들이 할아버지께 돌려주고 와.

〈꽃구름 방〉

음식 빚는 사람의 손놀림에 따라 무언가를 소리 없이 혹은 경쾌하게 베고 썰며, 어쩌다가는 눈이 멀 만큼 튕겨내는 칼뺨의 선득한 빛. 그것이 지나며 낸 파프리카와 표고의 매끈하고 영락없는 단면. 그 수상함과 산뜻함들에 어리는 맛. 그것이 칼맛이 아니고 무엇일까. 조리사의 결연한 눈빛과 도마를 딛는 칼의 춤이

어우러진 맛.

그런 면에서 그의 소설이 내는 분위기의 맛이란 정갈함이라기보다는 어쩌면 통렬함, 맛깔스러움이라기보다는 날이 있는 것의 날카로움이라고 해야겠다.

날카로운 것들은 아슬아슬하게 목이 마른 매력이 있거든.
〈릴리가 알겠지〉

그러고 보니 날카로움이라는 말은 날이 있는 칼에서 온 것임에 틀림없다. 흔히 날카롭다는 말을 한자로는 예리(銳利)라고 쓰는데 그 단어를 들여다봐도 금속과 칼이 있다.

예리한 칼. 그것의 용도는 뼈와 살, 씨앗과 과육, 꼬투리와 열매를 감쪽같이 분리하든가 원하는 모양으로 도리거나 다듬는 일일 것이다. 그러나 날카로운 칼의 가장 본질적인 쓰임새는 대상을 끊고 발라내고 도려서 칼의 날카로움에 상응하는 날카로움을 빚어낸다는 데 있을 것이다. 갠의 칼이 그렇다.

세상에서 가장 슬픈 소리가 뭘까.

빅씨의 물음에 유군은 눈만 껌벅였다.

내게 키 크는 기계가 있었어. 매일 밤 자기 전에 기계 위에 몸을 눕히고 노를 젓듯 양쪽에 달린 레버를 앞뒤로 당겼지. 그러면 판때기가 휘면서 내 몸을 잡아 늘이는 거야. 거열형 당하는 것처럼 억지로 사지를 늘이는 거지.

빅씨는 유군의 뒷목을 고루 눌렀다.

레버를 당길 때마다 끼익, 날카로운 소리가 났어. 매일 밤 오랫동안. 나는 목숨 걸고 기계에 매달렸거든. 다른 방에서는 어머니가 주무시고 계셨어.

끼익 끽. 빅씨가 들릴락 말락 소리 냈다.

어느 날 어머니가 혼잣말로 그러셨어. 그 소리가 세상에서 제일 슬프다고.

〈들어봐〉

해변의 비스듬한 산비탈에 수박밭이 있어.

응.

그런데 달밤에 하얀 것들이 바다에서 나와서,

무섭니? 무서운 얘기야? 하지 마. 나 공포영화 후유증 심해.

하나도 안 무섭고 웃겨.

웃겨?

웃겨. 들어봐. 희고 동그란 것들이 수박밭으로 올라가서,

발문 | 들리니?　　**251**

물에서 나온 하얀 것들이 수박밭으로?

그렇다니까. 그게 수박을 하나씩 꺼안고 으스러져라 힘을 주니까 수박이 쩍 갈라져 깨졌어. 그것들이 빨간 수박을 맛있게 먹어, 쩝쩝거리며.

빨리 말해. 그 하얀 것들이 뭐야?

문어.

문어? 그 문어? 문어가 수박을?

응.

바다에서 나와서 수박밭을?

그렇다니까. 눈부시게 환한 달밤에 떼 지어서. 실화야.

실화 좋아하네. 콱. 문어 대가리는 벌게. 벌겋다고.

달빛 속에서는 마냥 하얗대. 진짜래.

〈들어봐〉

어떤 나무는 수다를 떨고 싶어 안달 난 듯하다. 산발한 가지에 비닐봉지가 걸려 흔들리고 줄기는 검고 잎새는 쉴 새 없이 비비적거린다. 오줌 마렵니? 농담하듯 손바닥으로 탁 치고 무표정하게 지나쳐 가버리면 뒤에서 실망한 숨소리를 내는 엉덩이 큰 나무.

〈들어봐〉

한 작품에서만 눈에 띄는 대로 끌어다 썼다. 그가 빚어내는 빛날들이 여기저기 너무 많기 때문이다. 이러니 안 읽을 수가 없는데, 실은 내 눈이 글에 이끌리는 게 아니라 날카로운 문장이 날렵하게 튀어나와 먼저 내 눈을 찌른다고 해야 할 것이다.

이처럼 그의 글밭에는 저 달밤의 문어만큼이나 우글우글 마냥 하얀빛들이 흉흉하게 떠다닌다. 조심하지 않으면 발바닥이 결딴나는 사금파리 밭이기도 하다.

눈을 찌르거나 발바닥을 결딴나게 하는, 그러면서도 얌전하기 이를 데 없는 이 날빛들은 대체 어디에서 오는 걸까. 세상의 모든 빛들이 어디에서 오는지 알 수 없듯이 이 빛의 정체와 출처 또한 쉽사리 해명할 수 없다. 다만 날카로움이 날카로움을 낳았다고 했듯이 사금파리의 별 반짝임들은 예리한 칼이 불러온 것들임에 틀림없다.

칼날이 스쳐 칼집을 낸다. 날만큼이나 영락없게 반드러운 틈이다. 빛은 벌어진 그 틈으로부터 쏟아진다.

갠의 칼은 무엇에다 칼집을 낸 걸까. '그것'은 무엇이건대 빛을 꽁꽁 감추고 오랫동안 내주지 않았던 걸까. 앞에 적은 내 글에서 말을 옮기자면 그것은 어쩌면 '근엄과 금도의 예법'일지도 모르겠다. 그래서 그것에 칼집을 내는 일은 '아랑곳하지 않거나 흔드는' 일, 즉 예법이라는 허울에 균열을 내고 위반을 저지르는 일일 것이다.

다르게 말해 그것은 세상의 모든 단호한 원리들의 급소에 스윽 칼끝을 대는 사건일 것이다. 흔히 말하는 초자아의 언어, 아버지의 훈계, 아이야 사랑한다 감동의 모성, 교과서를 든 선생님의 말씀 등으로 여물디여문 검붉고 수상한 마땅함들의 열매. 거기에 짓궂고도 섬세한 칼집을 감쪽같이 내버리니 감추어졌던 통렬함이 쏟아질 수밖에 없다.

<꽃구름 방>에서만 보더라도 할아버지는 배추밭에서 큰일 보기를 즐긴다. "이 비싼 땅에서 똥을 싸면 왕이 된 거 같아요, 여순 씨. 바람이 사타구니로 흘러가는 느낌이 아조 멋져요."라고 하는가 하면, 할머니는 그런 할아버지를 보며 "귀엽잖니?"라고 화자에게 묻는다. 할아버지의 장례식 날 여고생인 운영이 야하고 불경하게끔 석양의 배추밭을 알몸으로 뛰어다닌다. 이러한 배추밭이 느닷없이 찬란하고 눈부시다면

균열의 틈을 가르고 흘러나온 방출의 언어가 어째서 흘러나오지 않으면 안 되었었는지도 알 수 있게 될 것이다. 망자의 소원에 따라 뼈 하나라도 불에 태우거나 땅에 묻지 않으려고 입관 전 팔 하나를 칼로 몰래 잘라 햇볕 좋은 날 긴 장대 끝에 매달아 바람을 쏘여주는 할머니가 어쩐지 통쾌하지 않은가.

그의 소설은 이처럼 괴이쩍고도 후련한 방출의 언어들로 가득 고인 웅덩이랄 수 있는데 문제는 방출이 멈추지 않는다는 데에 있다. 멈추지 않으면 웅덩이는 흥건히 넘치고 강이 되다 결국은 아득한 바다가 되고 만다. 그래서 방출이라는 말 대신 범람이라 하고 싶은 것이다. 범람이란 코나투스로 가득 차고 차서 더는 어찌할 수 없을 때 터져 흐르는 사태이니 그의 언어는 흐르고 터져 나오는 유동적 성격일 수밖에 없어서 내용이나 뜻 같은 것의 체계에 성큼 앞선다는 특징을 띤다.

어미 닭의 간절한 열망으로 줄탁동시의 줄(啐)이 그어지듯 날카로운 틈바구니에서 흘러나온 끝없는 존재의 범람은 마침내 나를 아득히 감싸는 바다가 되고, 그럴 때 나는 절로 섬이 되어버린다.

3. 섬

<들어봐>에서 가져온 문장들이다.

설마 바다가 자라날 줄 몰랐다. 눈앞에서 거대해지고 귀에서는 파도 소리가 요란했다. 질색이었다. 벽돌을 지고 일어서면 뱃멀미가 났다. 수다스러운 나무들이 밤새 떠들고 책들이 창가에서 공중제비를 돌았지만 바다만큼 자주 나부대지는 않았다.

바다가 철썩이며 책들을 적셨다. 유군은 밤마다 물에 가까워졌다. 파도에 해풍에 바닷새들에.

도중에 유군은 경기를 일으켰다. 눈앞에서 바다가 솟구쳐 그는 비명을 질렀다.

한번 건너면 다시 돌아오지 못하는 바다.

유군은 어디서나 바다를 어찌할 수 없다. 바다와의 관계에 있어 유군은 주체의 위치가 아니다. 설령 주체라 하더라도 바다가 객체는 아니다. 여기서 바다는 주객체 따위 무색게 하는 온전한 타자에 가깝다. 누구로부터도 무엇으로부터도 규정의 범주에 예속되지 않는 무한 존재로서의 바다. 화자가 알 수 있는 바다가 아니며 화자는 그저 망망대해의 한 점 섬으로서 파도와 해풍에 기어이 깎일 뿐이다. 무엇을 알랴. 파도가 바다의 일이라면 깎이는 것만이 섬의 일인 것을. 그리하여 섬이 발할 수 있는 것이란 단지 비명과 경기, 멀미와 질색인바, 말하자면 갠의 표현들은 그러한 비언어에서 기원하여 하염없이 해류를 탈 뿐 어떤 의미의 집도 짓지 않는다. 그러니까 그의 의지가 빛을 열망해 칼집을 냈다기보다는, 범람하려는 빛의 의지가 그로 하여금 칼의 펜을 잡게 했다고도 할 수 있으니 그의 언어 또한 빛의 타자가 교사한 것이거나 빛의 타자 그 자체라고 해도 틀린 말은 아닐 것이다.

그러니 그것은 앎의 범주일 수 없다. 가없는 바다 위에 고독하고 불안스레 떠있는 검은 섬, 그 섬이 듣는 뮤즈파탈 세이렌의 감당하기 힘든 노래일 뿐이다.

4. 소

칼과 틈, 그 틈을 비집고 쏟아지는 빛의 범람, 그로 인한 바다와 섬을 얘기하자니 어딘가 시쁜 느낌이 없지 않다. 아마도 <노란 꽃>의 섬을 남겨두었기 때문이리라. <노란 꽃>의 섬 안에는 커다란 산이 하나 있고 그 산밑에 맑은 소가 있다. 바다와 같은 물이면서도 바다와는 외따로 숨은 둥글고 깊은 웅덩이. 같은 물인데 외따로 숨었다고 하는 까닭을 말하자면 이렇다.

칼은 단호한 원리들의 열매에 칼집을 냈다. 그 틈새로 물의 빛이 쏟아져 나와 바다를 이루어 나를 감쌌으니 나는 섬이 되었다. 이것은 범람에 의한 현상이다. 범람은 차고 넘치는 것.

그런데 단호한 원리들의 열매에 칼집이 생겼고 그 틈새를 들여다보면 무엇이 보일까. 역시 바다와 같은 빛의 물웅덩이가 보이지 않을까. 그것을 소라고 하자. 그곳을 향하여 내가 침투하고자 열망한다면 이번에는 단호한 원리들의 열매가 섬이 된다.

물이 밖에 있을 때 ─ 곧 범람일 때는 내가 섬이 되고, 물이 안에 있을 때 ─ 그 물웅덩이로 침투하고자

할 때는 베어진 단호한 원리들의 껍질이 섬이 된다. 그림으로 그리면 도넛 모양의 섬. 어쨌거나 도넛 밖도 바다라는 물이고, 도넛 안도 소라는 물이기 때문이다. 그리고 밖으로의 범람(氾濫)이나 안으로의 침투(浸透)도 물이라는 상형문자들로 이루어져 있다. 복잡한 듯하지만 재미있는 대비다.

물이 밖의 바다일 때는 섬을 때리고 깎아 빛의 소리를 내지만(<들어봐>) 물이 안의 소일 때는 나를 끌어들여 어둠의 소리를 들려준다(<노란 꽃>).

소(沼)라는 글자도 물속으로 불러 끌어들인다는 뜻이다.

<노란 꽃>의 내가 어째서 '물의 바다'를 들여다보고 싶어 하고 늘 '물 밑을 꿈'꾸며 '물 바닥의 검은 문들을 열어보고 싶'어 하는지 짐작할 수 있는 대목이다.

하지만 내가 가진 언어로서는 끝내 물의 바다에는 닿지 못한다. 그러나 물 바닥에 닿고자 하는 시도가 매번 좌절당하면서도 침투의 유혹에서 조금도 벗어나지 못한다는 점이 문제적이다.

이루어지지 않는 일처럼 혼을 뺏는 게 있을까.
〈노란 꽃〉

그러니까 좌절은 끝이 아니라, 더 깊고 더 짙은 궁극의 언어를 길어내려는 작가의 화려한 동경과 고행을 유발할 뿐이다.

인간의 터가 아닌 다른 틈바구니를 엿보며 바닥의 바닥 어둠의 어둠을 동경했다.
〈노란 꽃〉

바닥의 바닥 어둠의 어둠이야말로 궁극이란 단어의 다른 명사적 표현일 텐데 술어적으로 풀자면 '닿을 수 없는'이 될 것이다. 따라서 기존의 사다리나 수영법이나 언어로는 다다를 수 없는 나라라서 혼을 빼앗길 만큼 매력적일 수밖에 없다. 그러므로 비록 닿는 일에 매번 실패하더라도 침투는 멈출 수 없으며 갠의 문장은 바로 이러한 시시포스적 불행의 운명을 마치 권리인 양 누리려 드는 데서 알 수 없는 빛을 발한다.

범람은 감각의 거센 흐름이나 압력이 언어 방파제의 임계점을 초과할 때 발생하는 균열이다. 언어의 질긴 조직과 통제력이 와해되어 발화 행위가 더는 작동하지 못할 때 우리는 실어증에 걸리거나 아무 말이나 하게 된다. 이른바 언어의 계통 및 계열 구조상의 장애가 초래되는데 이는 다른 한편으로 보자면 언어 강박의 해소 혹은 해방을 의미한다. 신경증적 방어 장치의 붕괴. 이때 밖으로는 범람이 발생하고 안으로는 침투가 이루어지는데 이 모든 것의 시작은 칼에 의한 자상(刺傷)이다.

내가 본 갠의 첫 작품 첫 문장 첫 단어 '칼'의 느낌은 그것이었다. 느낌은 백 일에 한 번씩 이야기 밖의 무수한 칼자국들로 이어졌다. 그 예리한 틈새들로 비치는 범람과 침투의 소쇄하고 소쇄한 물소리들. 가만히 아래와 같은 문장들을 읽으면 들릴 것이다.

도시에 살 때, 어머니는 어느 날 친구의 편지를 받았다. 시댁 어른의 장지에 갔는데 코딱지만 한 푸른 꽃이 사방에

피어 정신이 산란하더라. 쥐불을 놓아 얼룩덜룩한 둔덕에 글쎄 이월인데도 꽃이 피어 미친년 같더라, 했다. 바람 부는 넓은 곳에서 소리 없이 오락가락하는 여자를 보는 듯했다. 종이가 찢어져서 붙였나 싶었던 비닐 테이프 밑에 얼룩처럼 푸른 꽃 두 개가 눌려있었다. 그걸 보며 한참 웃었던 그 편지를 어머니가 도시를 떠나는 날 내게 줬다. 여러 곳을 떠돌다 이 섬에 도착한 나는 거대한 산밑에서 맑은 소를 발견하고 편지를 가져다 물 밑에 넣었다. 편지는 짠물에 젖어 조그만 코딱지 꽃을 환장하게 간질이다 검은 동네의 어느 문으로 빨려 들었을 게다.

〈노란 꽃〉

물속에 드는 건 죽음의 동네로 마실 가는 일이다. 거기 영원히 남아도 좋은 나는 집으로 돌아갈 걱정이 없다. 물살이 내게 밀리는 게 좋고 물의 무거운 더미를 안는 게 좋다.

깊이 내려갈수록 물은 껴안아지지 않아 어느쯤에서 사지를 놔버린다. 나는 녹아나고 흐른다. 물살은 아주 가끔 죽음의 동네 위로 날 몰아간다. 눈을 부릅뜨고 부유하길 잠깐, 물은 나를 뱉어버린다. 그 깊은 곳에 한 번도 발을 딛지 못한 나는 하늘을 날아다니는 꿈속에서 내려다보듯 물의 바닥에 펼쳐진 흐릿한 풍경을 본다. 집과 거리가 길고 검다. 신비롭다. 신비로워 피가 뛴다. 검은 거리를 밟고 단 한 집의 문이라도 들어갈 수 있다면 내 돌진은 끝날 텐데.

〈노란 꽃〉

다른 동네로 들어서는데 흰옷 입은 학생이 걸어가고 있었다. 무심히 지켜보던 그는 티브이의 어떤 영화 장면을 떠올렸다. 호수 안에 집들이 잠겨있고 한가운데 교회가 있었다. 정부 정책으로 수몰된 마을이었는데 깊은 바닥에서 간헐적으로 물이 솟구치면 물살이 교회의 첨탑에 걸린 종을 흔들어 맑은 종소리가 호수 밖으로 퍼졌다.

〈사소한 개소리〉

들리는가?

편집 후기,
도망에 대하여

《들어봐》 속 인물들은 늘 도망을 꿈꾸거나, 도망 갑니다. 글에 죽음이 종종 등장하는 것도 가장 먼 도망이기 때문이 아닐까요. 생 너머로의 도망이니까요.

수년 전, 젊고 아름답고 선한 아티스트 한 사람이 스스로 세상을 떠났을 때. 갠 작가님은 정말 안타까워하며 혼잣말했어요.

"도망가지…… 그냥 아무도 모르는 데로 도망가지. 살아만 있지. 파리든 어디로든 훌쩍 가버리지……"

물론 떠난 이에겐 남은 이들이 결코 관여할 수 없는 영역이 있을 겁니다. 어쨌든 그날 갠 작가님은 혼잣말 끝에 저를 보고 말했어요. 힘들면 꼭 도망가라고. 살아서 도망가라고.

힘들면 말해라, 힘들어도 참다 보면 좋은 날이 온다, 가 아니라 너무 힘들면 꼭 도망가라고 말해주는 사람 덕에, 그리고 도망가는 존재들의 이야기를 가득 써주는 소설가 덕분에 지금까지 도망가지 않고 지낼 수 있었던 것 같아요.

사무치게 쓸쓸하고 대책 없이 해맑은 도망자들의 이야기를 책으로 묶을 수 있어 기쁩니다.

2022년, 편집자 규영

갠

문화일보 신춘문예 등단
글 그림책 ≪마리혼 이야기≫ 출간

들어봐 © 갠 2022

이 도서는 한국출판문화산업진흥원의
'2022년 우수출판콘텐츠 제작 지원' 사업 선정작입니다.

초판 1쇄 발행	2022년 11월 11일
지은이	갠
펴낸이	전영인
책임 편집	규영
디자인	규영
디자인 자문	정효진
마케팅 자문	노경래
발행처	디노북스
등록	2015년 4월 8일 제 2022-000009호
주소	서울시 은평구 녹번로4길 6-11
전화	070-8098-2304
메일	hello@kyuyoung.com
인스타그램	dinobooks.official
ISBN	979-11-956466-7-8 03810